SPAN
FIC
COO

MAR 2 7 20

Compláceme

Compláceme

Antología de Cathryn Cooper

Título original: *Sex and Satisfaction*
Traducción: Paula Vicens

1.ª edición: octubre de 2010

© Accent Press Ltd 2008
© Ediciones B, S. A., 2010
 para el sello Vergara
 Consejo de Ciento 425-427 - 08009 Barcelona (España)
 www.edicionesb.com

Printed in Spain
ISBN: 978-84-666-4471-6
Depósito legal: B. 31.639-2010

Impreso por LIBERDÚPLEX, S.L.U.
Ctra. BV 2249 Km 7,4 Polígono Torrentfondo
08791 - Sant Llorenç d'Hortons (Barcelona)

Todos los derechos reservados. Bajo las sanciones establecidas en las leyes, queda rigurosamente prohibida, sin autorización escrita de los titulares del *copyright*, la reproducción total o parcial de esta obra por cualquier medio o procedimiento, comprendidos la reprografía y el tratamiento informático, así como la distribución de ejemplares mediante alquiler o préstamo públicos.

Índice

EL BLUE ROMAN .... Cathryn Cooper	9
NETSUKE .... N. Vasco	21
TODOS LOS DÍAS DE LA SEMANA .... Jeremy Edwards	39
ROCK DURO............................. Kristina Wright	49
VIP..................................... Phoebe Grafton	63
PENDIENTES DE UN HILO .... Conrad Lawrence	75
NO OS PREOCUPÉIS POR MÍ .... Landon Dixon	87
MI VUELO PREFERIDO .... N. Vasco	99
UNA PAUSA PARA EL CAFÉ .... Teresa Joseph	109

FRATEL 121
Adrie Santos

LA HORA DE VISITA 129
Stephen Albrow

EN COMPAÑÍA DE DOS 141
Georgina Brown

LA PRIMERA VEZ 149
J. Johnson

VEN A VERME, ¿VALE? 157
Thomas Fuchs

ANTHONY 165
Gwen Masters

VOLAR 177
Paige Roberts

UNA NOCHE EN BALD MOUNT 191
Roz Macleod

UNA SIRENA A LA LUZ DE LA LUNA 205
Alex de Kok

LA ESTRELLA DE LA NOCHE 221
Kitti Bernetti

PINCELADAS DE CARNE 231
J. Carron

EL BLUE ROMAN

Cathryn Cooper

—¿Vas a pagarme una copa o qué?

Recuerdo haber tartamudeado un poco al principio. Mi experiencia con las mujeres era mínima. Pero la invité a una copa, de todos modos. Ahora sé que era una cabeza de turco. Le pagué la copa, y me tomé otra. De cada trago que yo tomaba, ella sacaba tajada. Así eran las cosas en el Blue Roman. Pero entonces yo no lo sabía. Simplemente, estaba encantado de tener a alguien a quien contarle mis problemas. Además, olía de maravilla. Su perfume era como una droga. Cuanto más lo aspiraba, más me daba vueltas la cabeza. Bebí más también. Cuanto más bebía, más me explayaba acerca de lo cutre que era trabajar en la oficina del fiscal del distrito. Pensaba que hubiera sido un fiscal del distrito verdaderamente bueno si alguien me hubiese dado una oportunidad.

—¿La oficina del fiscal del distrito?

Recuerdo vagamente una mirada particular en sus ojos justo en aquel instante, pero no le di demasiada importancia. No pensaba en otra cosa que en mí, mis asuntos personales y mis perspectivas laborales, así que no me daba cuenta de nada.

—¡Qué importa, cariño! —me dijo, palmeándome el brazo—. Me parece que conozco a alguien capaz de tirar de algunos hilos por ti.

No me acuerdo de lo que dije entonces. Sólo recuerdo que tomé un sorbo de mi vaso mientras ella iba andando despacio hacia una mesa semioculta detrás de unas cortinas.

Sus uñas pintadas aterrizaron en mi brazo en el momento en que yo pedía otra copa. Me daba vueltas la cabeza pero, bueno, qué demonios. Me daba igual.

—Quiero que conozcas a alguien —me dijo.

La seguí como un perro sigue a una perra en celo. Al menos esperaba que éste fuese su caso. Esa clase de perro era yo.

—¿Qué tal? —me dijo el tipo. Era moreno, de pelo negro, supongo que siciliano. Me daba igual. Chloe, como oí que la llamaba, estaba mordisqueándome la oreja y sobándome el culo. Me daba igual de dónde fuera el tipo mientras ella me magreara.

—He oído que quiere llegar a algún lugar —dijo. Había otros dos hombres con él. No me quedé con sus nombres pero me senté cuando me lo ofrecieron.

Los dedos de Chloe me bajaron por la americana hasta la entrepierna. Me centré en aquellos tipos, a pesar de que no era nada fácil, sobre todo cuando me metió la mano entre las piernas.

—Podemos arreglarte cualquier cosa —dijo el morenazo.

Todo me daba vueltas; no debido a la generosidad de su oferta, sino porque Chloe se había metido debajo de la mesa y estaba haciendo cosas con mi polla.

Noté que me desabrochaba los botones y me movía los calzoncillos.

—Llámame Blue —dijo el tipo.

Jadeé cuando unos labios carnosos me la chuparon.

Él sonrió.

—Como te he dicho, podemos conseguirte cualquier cosa. Chloe es una prueba de ello.

Sabía que estaba debajo de la mesa lamiéndome el glande, pasándome la lengua por todo el pene. Con los dientes me lo mordisqueaba. Yo quería bromear diciendo que de momento no necesitaba un corte de pelo, pero, por otra parte, comprendía que aquello era una mamada en toda regla. ¿Por qué detener algo que te gusta?

Él empezó a hablar de negocios: acerca de que le avisara si los federales planeaban una redada relacionada con sus actividades de contrabando... ya sabes... alcohol de Canadá. Yo hacía un esfuerzo por escucharlo. Chloe me había agarrado las pelotas y con las uñas pintadas me rascaba agradablemente el escroto. Estaba haciendo un trabajo muchísimo mejor que el mío, te lo aseguro.

Sea como sea, yo tenía dificultades para articular palabra: principalmente porque tenía la punta de la polla en la garganta de Chloe. Notaba las palmas de sus manos cálidas y húmedas en la base y sus dedos que me sostenían el escroto y se dirigían hacia mi punto «G».

¡Era de locos! Excitante. A nuestro alrededor la gente bailaba y se emborrachaba. Toda la taberna clandestina saltaba y se mecía al ritmo de un trío de jazz negro. Y yo estaba en mi propio mundo. En aquel momento tenía el pene atrapado entre los labios perfectos de Chloe. El glande seguía en su boca. Lo tenía rodeado de carne... de carne de mujer. Me sentía como si su cuerpo fuera a devorarme; deseaba en lo más íntimo que estuviera dispuesta a repetir.

Blue seguía hablando, como si que te la chupen para distraerte mientras hablas de negocios fuera lo más natural del mundo.

El tipo que estaba a su lado, al que él llamaba Ice, levantó una mano gordinflona. Llevaba en cada dedo un anillo de oro reluciente. Me advirtió señalándome con un dedo:

—Si nos la juegas, nosotros te la jugaremos a ti.

Quería decir que, mientras fuera Chloe la que jugara con mis pelotas, ya me valía.

La tenía tiesa como si quisiera salírseme del cuerpo. Me pareció que sería de mala educación soltar un grito al llegar al orgasmo hacia Blue y sus colegas, así que contuve el aliento. A pesar de todo me estremecí por su intensidad. Al igual que un volcán en calma durante mucho tiempo cuando entra en erupción, disparé un chorro más caliente y mayor de lo habitual. Chloe no dejó escapar ni gota. Una vez satisfecha de habérselo tragado todo, me la secó con el pelo antes de devolvérmela. Supuse que era de las que lo quieren todo limpio y ordenado.

Al advertir que yo había terminado, Blue sonrió.

—Hace un buen trabajo, ¿eh?

Convine en ello. Me la había metido en los calzoncillos y me estaba abrochando de nuevo.

—Bueno —dijo Blue, con un puro en la comisura de la boca—. ¿Te gusta mi local?

A causa de Chloe, que había estado distrayéndome, no me había fijado demasiado en lo que me rodeaba hasta entonces. Ella se había excusado para ir a empolvarse la nariz. Supuse que ya estaría impoluta tras su incursión en mi vello púbico.

—Ya sé que de lo contrario no estarías aquí —dijo Blue divertido, con chispitas en sus ojos negros como botones. Señaló con el puro las columnas romanas que rodeaban la pista central—. ¿Ves esas columnas? Algunas noches he tenido a jovencitas núbiles de cara a ellas, con las manos encadenadas por encima de la cabeza y tiritas de tela separándoles las nalgas. Cualquiera del público tiene derecho a acariciarlas si quiere. Ninguna joven se quejaría de este trato. Se ofrecen voluntarias. ¡Todos los hombres las manosean!

Me di cuenta de que el italiano gordo de su izquierda se lamía los labios.

Una mujer alta con los pechos como melones se acercó a decirle algo al oído a Blue.

—¡Ah! —exclamó él con una sonrisa de oreja a oreja—. ¡Tenemos un cabaré!

Le susurró algo a la mujer e hizo un gesto de aprobación. Me pregunté qué sucedería a continuación, pero en realidad no me importaba. Nada podría superar la actuación de Chloe, ¿verdad?

Apareció un sofá tapizado de terciopelo rojo. Colgaban de él cinturones de cuero y otras cosas, lo que resultó evidente cuando lo pusieron vertical, con los pies de la cama fijados al suelo.

Los músicos de jazz tocaron una fanfarria con los instrumentos de metal. Cuatro bailarinas salieron al escenario vestidas con fajas de cuero que eran apenas una tira entre las piernas, un cinturón y correas a modo de sostén por debajo de los pechos y en los hombros. También llevaban botas altas, hasta medio muslo, sujetas con ligas al cinturón. En la cabeza lucían yelmos romanos con visera de cuero que les caía sobre los ojos. Cada una llevaba un látigo que hacía restallar al ritmo de la música mientras bailaba.

La sala enmudeció. Una extraña aprensión brillaba en los ojos de la gente cuando, de repente, la música cesó. Una de las bailarinas se adelantó.

—¡Exijo justicia! Alguna de las aquí presentes ha estado haciendo travesuras donde no debería haberlas hecho.

De pie como un gladiador, miraba directamente a Blue.

—Que el público sea quien lo decida —dijo él—. Pregúntaselo.

Un estremecimiento recorrió a los que contemplaban la escena.

La jefa de las bailarinas volvió a hablar:

—Yo digo que esta adúltera debe ser desnudada y castigada por otras mujeres. ¿Qué dicen ustedes?

Así planteado el asunto (por lo de desnudarla), el público enloqueció.

Se oyó un jadeo cuando dos de las bailarinas avanzaron y sacaron a una mujer de entre los espectadores.

Me pasé la lengua por los labios secos y apenas pude contenerme para no subirme a la mesa a fin de ver mejor de lo que veía. Pero eso, decidí, no hubiera sido de buena educación.

La mujer era pelirroja y llevaba la melena recogida en un moño tirante anticuado. Se le soltó y flotó sobre sus hombros cuando opuso resistencia. Parecía aterrorizada y gritaba que no había sido ella.

A mí no me cabía duda de que aquello se trataba de una comedia; era una del reparto y sabía exactamente lo que sucedería. No importaba. Se me estaba empinando en los pantalones. Supongo que a todos. Incluso las mujeres tenían que estar mojándose de excitación.

Las chicas preguntaron al tipo con el que había estado sentada si su acusación era cierta y él pertenecía a otra mujer.

Bueno, no iba a perderse la diversión, ¿verdad? Como todos, no quitaba ojo a la escena.

Las chicas desnudaron a la mujer y la ataron boca abajo al diván. Preguntaron al público cuántos latigazos debían propinarle. Creo que decidieron que uno de cada chica... para empezar.

Cayó el primer latigazo. La joven gritó. La bailarina solista decidió que aquel sonido no era aceptable en un establecimiento respetable y ordenó a una de sus subordinadas que la amordazara.

Tenía el culo bastante rojo después de media docena de latigazos. Empezaron a desatarle las correas que la sujetaban. Pensé que se había terminado, pero estaba equivocado. Le dieron la vuelta.

Los pechos se le sacudieron provocadoramente; tenía la tripa plana como una crep, lo que acentuaba su escote rojísimo. Tenía la cintura estrecha y el perfil de los labios con unas curvas de ésas que te dan ganas de lamerlos.

Casi podía oír cómo al público se le hacía la boca agua, y no necesité mucha imaginación para saber que más de unos cuantos la tenían dura y más de unas cuantas habían empapado las bragas.

—Es esto lo que te gusta, ¿no? —dijo una de las chicas vestidas de cuero a la prisionera. Le apretó un pecho y jugueteó con el pezón. Otra hizo lo mismo con el otro pecho. Las otras dos le separaron los labios de la vulva. Los que estaban en primera fila avanzaron para ver mejor el aterciopelado interior.

No había modo de que la joven no respondiera a esa clase de tratamiento; le estaban pulsando todos los botones adecuados. Enseguida la joven levantó las caderas hacia las yemas de aquellos dedos. Todos vieron que su sexo se lubricaba y se movía. Con las caderas levantadas, la sucia ramera tuvo incluso la frescura de abrir más las piernas. Una a una, por turno, las chicas hundieron los dedos en el jugoso fruto, masturbándola a base de bien. Con la mano libre le sobaban las tetas y se las juntaban hasta que tenía los pezones casi juntos y se los chupaban hasta que los tuvo tan largos como colgadores.

Por fin todo su cuerpo se sacudió con el orgasmo, puso los ojos en blanco antes de cerrarlos y fue como la marea: la recorrió una oleada que refluyó hasta que estuvo de nuevo en calma.

El público prorrumpió en aplausos.

Pensaba que se había terminado, pero estaba equivocado.

Alguien gritó pidiendo un bis.

Vi que las bailarinas intercambiaban sonrisas de complicidad. Hubo más. Yo tenía una erección. Miré a mi alrededor buscando a Chloe y su boca deliciosa. Necesitaba sus servicios.

La bailarina principal, la misma de antes, se quedó de pie en el centro del escenario, en jarras, con una fina capa de sudor que brillaba en los pechos desnudos. Con la cabeza bien alta, parecía estar pasándolo bien.

—Esta guarra quiere más de un polvo a la semana y con más de un hombre. Puede aguantar un poco más. Están todos invitados a darse el gusto. Ahora —dijo, mientras los murmullos de excitación recorrían el público.

—Yo seré el primero.

No podía creer que hubiera dicho aquello, pero ahí estaba yo avanzando hacia el escenario.

La bailarina sonrió, me echó un vistazo a la bragueta, vio que estaba a punto y me miró directamente a la cara.

—Bueno. ¿Cómo la quieres?

No me hacía gracia la idea de penetrarla tal como estaba, yo con el culo hacia el público. Después de todo, habían pagado para ver su culo, no el mío.

—De cuatro patas.

Pusieron las patas del diván en el suelo. Las chicas colocaron a la pelirroja en posición y reajustaron las correas.

Me desabroché la bragueta, esperando que la rigidez de mi pene no fuera cosa de la imaginación. Miré hacia abajo. Eso mismo hicieron las chicas, con la admiración iluminándoles el rostro.

Serviciales, las chicas le separaron las nalgas a la pelirroja para que yo pudiera penetrarla con más facilidad.

Me deslicé en su vagina como una vara de acero en una funda de terciopelo. Me la agarró con fuerza. Se la machaqué, golpeando el hueso púbico contra su culo, con los testículos balanceándose.

Mientras yo follaba, las dos chicas que le mantenían separadas las nalgas me besaban y me sobaban el culo. Una de las otras le sobaba los pechos a la pelirroja mientras que la otra le masajeaba el clítoris y me hacía cosquillas en los huevos cada vez que los tenía a su alcance.

Continué. Quería correrme, pero estaba poco dispuesto a llegar demasiado pronto y dejarle el sitio al siguiente. Quería ser el primero... ¡y el mejor!

—Ahora por el culo —gritó la primera bailarina. Me pilló completamente desprevenido.

Normalmente se recurre a un poco de lubricante: un poco de saliva, algún tipo de gel... aquella chica iba armada con champán.

Resbaladizo por el flujo de la pelirroja, mi pene salió con facilidad pero se mantuvo firme cuando vi que le echaban champán entre las nalgas. Se lo lamí con la punta del capullo.

Las chicas mantuvieron apartadas las nalgas de su pequeño y apretado pimpollo. Al principio se lo acaricié, se lo estimulé un poco; luego, centímetro a centímetro, despacio, me introduje en él.

Ella arqueó la espalda, su trasero me rozó las ingles cuando di en el blanco, hundido hasta la empuñadura.

Alguien me besaba los testículos. No sé quién pero no me importaba. Por segunda vez aquella noche derramé lava caliente en un respiradero servicial.

Blue me pescó antes de que me fuera.

—Tienes que volver. Sabes que los federales siempre son bienvenidos. —Me metió uno de cincuenta en el bolsillo superior de la americana—. Esto por los servicios prestados... hoy y en el futuro.

Recogí el sombrero del guardarropa y miré atrás sólo un instante antes de irme. Se había formado una cola detrás de la pelirroja. Ya no llevaba mordaza. La estaban follando por detrás y, además, estaba haciendo una mamada, firmemente agarrada con las manos a las tremendamente lechosas pantorrillas del tipo.

Sonreí para mis adentros cuando el gorila de la puerta me dejó salir.

—Hasta la vista —me dijo. Pensé que era de prever.

—Lo dudo —murmuré una vez que estuvo la puerta tranquilizadoramente cerrada a mi espalda. Sí, había sido agente federal, pero había dejado atrás todo aquello. Como intentaba decirle a Chloe cuando había entrado en el local, me habían echado, y todo porque mi desenfrenada mujer me había dejado agotado y yo me había venido abajo. Pero había oído rumores y había querido verla de nuevo. Siempre había querido subirse al escenario y ya lo había conseguido. Yo sólo quería follármela una vez más, y lo había hecho. Ahora era de cualquiera, literalmente.

NETSUKE

N. Vasco

—Usted dirá —oyó Jim que le decían cuando entraba en el bazar oriental.

En la tienda no había nadie más que una anciana asiática sentada detrás del mostrador. Lo miraba de un modo curioso con aquellos ojos rasgados y oscuros mientras él recorría un pasillo estrecho flanqueado de estanterías que contenían toda clase de curiosidades y regalos.

Olfateó el aire y vio que había una varilla de incienso humeante que sobresalía de una cajita de jade sobre el mostrador detrás del cual estaba sentada la mujer.

—Huele bien aquí —dijo, intentando entablar conversación.

Ella no respondió. Lo estuvo mirando repasar las estanterías hasta que se acercó al mostrador y dijo:

—Busco un regalo... para una mujer.

Ella le respondió con una sonrisa taimada antes de salir de detrás del mostrador y llevarlo a la trastienda. Allí fue donde vio el elegante brazalete chapado en oro en su brazo derecho y la túnica mandarín que vestía. Con la mirada le recorrió la espalda bien formada, las caderas, esbeltas pero con curvas, que se balanceaban a cada paso, el toque de marfil de ambos muslos, que se entreveían por las aberturas laterales de la falda que le llegaban hasta la cintura, mientras el taconeo de sus zapatos negros de tacón resonaba en la habitación.

«Un poco provocativa para ser una abuela», pensó Jim. Pero tenía un culo bonito.

La anciana le leyó el pensamiento. Lo miró y se encogió de hombros cuando se detuvieron delante de una pared cubierta de estantes. Jim esquivó su mirada pero no estaba preparado para el espectáculo que tenía delante.

Estaban junto a una mesa llena de falos de todos los tamaños, colores y texturas.

En los estantes había docenas de figuritas desnudas de unos siete centímetros. Miró un amasijo de hombres y mujeres desnudos. Algunos se masturbaban. Otros participaban en cualquier cosa desde sexo entre dos a orgías que hubiesen sido ilegales en unos cuantos estados.

La anciana eligió a una mujer arrodillada con la boca muy abierta y dijo:

—Es una *netsuke*. Muy detallada, ¿sí? —Le dio la vuelta para enseñarle el fino vello pintado alrededor de dos agujeros: uno la vagina; el otro el ano—. Muy realista. Arreglo de todos modos que quiera. —Colocó a un hombre de rodillas con una erección detrás de la mujer y deslizó el pene de porcelana en el ano de la figura femenina.

—Lo suponía —repuso Jim. Su mirada vagó hacia la figurita de una belleza de pelo negro acostada sobre un lecho de jade. Vio que llevaba una fina cinta de oro alrededor del brazo.

La anciana se dio cuenta y la cogió.

—¿Gusta?

Avergonzado, Jim se echó atrás.

—No... no, gracias. —Chocó contra la mesa y estuvo a punto de derribar un falo enorme. Lo cogió sin pensar, lo usó para señalar alrededor y dijo—: Busco algo como un jarrón o... un joyero. —Dándose cuenta de lo que estaba usando como puntero, lo dejó rápidamente y se puso como un tomate.

La mujer parecía decepcionada. Señaló hacia la parte delantera de la tienda.

—Los jarrones están junto a la ventana. Coge uno. Te haré buen precio.

Jim corrió hacia la tienda. Repasó los estantes en un suspiro, encontró un jarrón muy bonito y se acercó al mostrador, donde la vieja estaba envolviendo un paquetito. La mujer le sonrió, le cobró el jarrón, le dio el cambio y le alcanzó el paquetito.

—Esto no lo he pagado —dijo Jim.

—Regalo. Te gusta incienso, ¿sí? —le insistió, metiéndole el paquete en la mano.

Jim tartamudeó:

—Sí, pero...

La mujer salió de detrás del mostrador, le acompañó hasta la puerta y dijo:

—Tú tomas... ¡regalo! —Abrió la puerta, el sonido de las campanillas apenas se oía debido al ruido del tráfico. Empujó a Jim para que saliera—. Tengo que cerrar... abre esta noche antes de dormir. ¡Disfruta!

El sol brillante y el tráfico denso le invadieron los ojos y los oídos. La mujer cerró la tienda y bajó la persiana. El busca sonó. Era la oficina.

«¡Maldita sea! —pensó—. Llegaré tarde a la cita de esta tarde.» Se cambió los paquetes de mano. Al día siguiente volvería para devolver aquello. Regresó andando a la oficina.

Natalie, la secretaria de Jim, admiró el complicado dibujo del jarrón.

—Me encanta, ¿dónde lo has comprado?

—En el bazar oriental que hay calle abajo —respondió Jim.

Ella lo miró confundida.

—Creía que esa tienda estaba cerrada esta semana. Conozco al propietario. Está de vacaciones con su nieta.

—Estaba abierta. Atendía una anciana asiática.

—Bueno, ahora es mío. —Sonrió y fue a enseñárselo a las otras secretarias.

Jim llegó a casa cansado y perplejo. La tienda tendría que haber estado cerrada. Pero no lo estaba.

Después de darse una ducha rápida se puso el pijama, se sentó en la cama y abrió el regalo de la anciana.

—Veamos al menos qué pinta tiene —murmuró mientras lo desenvolvía.

Era una caja para quemar incienso con dibujos de adorno y unos diseños delicados que no supo descifrar. Dentro había unas cuantas varillas de incienso y un pequeño objeto envuelto en papel rojo. Cuando lo desenvolvió se encontró, para su sorpresa, que era la mujer asiática desnuda tendida en el lecho de jade.

—¡Estupendo! Ahora sí que tengo que volver mañana. Seguramente dirá que se la he robado.

Miró detenidamente la figurita. ¡Era tan real, tan detallada! Tenía un cuerpo de proporciones perfectas, con pezones oscuros que coronaban unos pechos redondos e incitadores. Las caderas se estrechaban en una cinturita y se unían a unas piernas torneadas y suaves. Los ojos, semicerrados, los labios rojos, llenos, tentadores y seductores...

«Me pregunto cómo sería besar estos labios», pensó Jim. Notó que empezaba a ponérsele dura.

Suspiró, pasó los dedos por el diminuto y perfecto cuerpo y pensó en lo patético que era: «Aquí estoy, poniéndome cachondo con una figurita de porcelana.»

Encendió una varilla de incienso y la metió en uno de los agujeros de la caja.

Se acostó y vio el bulto de su pene bajo las sábanas. Dijo en voz alta:

—Supongo que no quieres dejarme dormir esta noche. —Se lo cogió con la mano pero decidió que no tenía ganas de masturbarse. El incienso tenía un efecto calmante. Jim respiró profundamente y notó que se dormía, sin dejar por ello de sentir la erección.

Tras lo que parecieron segundos, se despertó desnudo bajo las sábanas e inmediatamente se volvió a mirar la varilla de incienso. Seguía quemándose, pero la figurita había desaparecido. Escuchó un ruido, se dio la vuelta y vio lo más hermoso que había visto en su vida.

Una espléndida mujer asiática de largo pelo negro con una túnica mandarín roja estaba de pie junto a su cama. Las caderas y los muslos cremosos se le veían por las aberturas laterales hasta la cintura y los pezones se le marcaban bajo la fina tela. Hizo una educada reverencia y se sentó a su lado. Olía a flor de cerezo.

Mientras se inclinaba hacia su cara, Jim reconoció la banda dorada de su brazo derecho. Antes de que pudiera hacer ningún comentario, ella le sujetó por la nuca y le dio un beso apasionado y profundo. Tenía el aliento más dulce que la miel y ronroneaba como una gatita mientras con la lengua probaba su boca.

«Aprovecharé para disfrutar de este sueño», pensó él dejándose llevar por su beso. Levantó las manos y le masajeó suavemente la flexible espalda.

El ronroneo se convirtió en gemido. Ella respondió amasándole los brazos y el pecho. Le tocó a Jim jadear cuando le pasó las largas uñas rojas por la zona situada justo por encima de la polla.

Aquél tenía que ser el culo más duro y más lleno que había agarrado jamás, pensaba apretándole las firmes aunque maleables nalgas.

Ella se irguió, le dedicó una sonrisa estimulante y bajó las sábanas para destaparle el pene. Le brillaban los ojos como dos charcas negras. Cruzó las piernas para permitir que los muslos y la mayor parte de sus caderas salieran por las aberturas de su vestido.

—Me alegro de que me gusten tanto las piernas —dijo Jim.

Ella le dedicó una sonrisa coqueta, le cogió una mano y se la pasó por los muslos desnudos, el vientre y el bulto incitador del pecho derecho. Parecía que el pezón quisiera clavársele en la palma de la mano. Luego se subió a la cama, se sentó a horcajadas sobre su pecho y se quitó el vestido con movimientos lentos y lánguidos. La tela roja cayó en cascada hasta las tentadoras caderas y dejó al descubierto la gloria cremosa de los pechos respingones de generosos pezones y la estrecha cintura.

De inmediato Jim se regaló con aquellos pezones, haciéndola jadear y suspirar mientras desplazaba la mano hacia el sedoso vello de su vulva. Deslizó un dedo dentro de la vulva más ceñida con la que se había encontrado. Sus jadeos se convirtieron en profundos gemidos guturales.

Se sentó erguida, se sacó los dedos de la vulva y chupó el flujo con su lengua certera.

Jim lo entendió. Se escurrió hacia su sexo, recorrió con la lengua los labios húmedos e hinchados y la metió luego en el suculento abismo. Le chupó el pequeño clítoris, mordisqueando y echando el aliento en la diminuta yema. Ella se rio tontamente, encantada. Jim miró hacia arriba, la vio gozando de sus pechos y reanudó su propio goce alternando entre profundos sondeos y suaves mordiscos.

La técnica funcionaba. Notó que apretaba las nalgas y empezaba a retorcerse. Arqueó la espalda, soltó un gemido tan fuerte que fue casi un grito y pronunció su única palabra en toda la noche.

—¡Sí!

Por un instante pareció que iba a derrumbarse. Se apartó de su cara, abrazó la almohada y le limpió a lengüetazos su propio flujo de mejillas, labios y barbilla.

Le lamía el cuello mientras le comprimía el pene entre los pechos y se lo frotaba. Jim jadeó cuando un chorro de líquido seminal apenas perceptible salió disparado y aterrizó en la mejilla derecha de la mujer.

«Listo para llegar», pensó, disculpándose con un encogimiento de hombros.

Ella se limitó a sonreír, se limpió la mejilla y se lamió la gota perlada de la palma. Tenía la cara justo encima de su erección. Le lamió la punta del pene, le mordisqueó el glande juguetona y le pasó la lengua a lo largo de todo el miembro antes de abrir los labios y metérselo en la boca.

«Son como alas de mariposa», se dijo Jim cuando se vio envuelto en sus labios. Al principio ella se la chupó con suavidad, después con más ímpetu, moviendo su exquisito rostro de arriba abajo al tiempo que estiraba una mano para jugar con sus pezones. Él notó el zumbido del pulso en los oídos, agarró las sábanas y jadeó para recuperar el aliento. Ella le metió la otra mano entre las piernas y con suavidad le arañó el tenso escroto.

La oleada se convirtió en torrente de placer que apenas pudo controlar hasta que el familiar, cálido, húmedo líquido salió a borbotones de su cuerpo y fue a parar a su boca. Apenas oía los fuertes sonidos de succión de ella ni los ronroneos que hacían vibrar delicadamente aquella boca y mandaban ondas de placer hasta...

Jim se despertó.

Estaba solo, en la cama, todavía en pijama. Miró bajo las sábanas, esperando encontrar una mancha húmeda y pegajosa en los pantalones.

No la había.

«Es el sueño erótico más extraño que he tenido nunca», se dijo.

Echó un vistazo a la mesita de noche. La figurita estaba allí, al lado de la caja para quemar incienso, con la varilla ya consumida.

Lo último en lo que Jim se fijó fue en la cara de la figurita. La miró más de cerca y se sorprendió al ver que tenía una expresión distinta. Parecía complacida y se hubiera atrevido a decir que... satisfecha.

Paró en la tienda al día siguiente y probó el pomo de la puerta. No había nadie. No lo recibió más que un letrero de «cerrado» en el que podía leerse que los propietarios volverían al cabo de una semana.

Aquella noche, con el pene tieso por el recuerdo de la noche anterior, decidió quemar incienso una vez más.

«No fue más que un sueño», pensó. Algo le decía lo contrario sin embargo mientras el aroma lo invadía y se dejaba llevar por el sueño. Lo último que vio antes de que se le cerraran los ojos fue la figurita, cuya piel parecía relucir de vida.

Se despertó en una esterilla, en una habitación forrada de paneles blancos y negros, al resplandor de farolillos chinos. Iba desnudo bajo un kimono de algodón negro.

Uno de los paneles se deslizó cuando se levantaba. Dos encantadoras muchachas orientales vestidas con túnicas chinas entraron en la habitación. Una iba de rojo, la otra de verde.

A pesar de que el aire era cálido se les marcaban los

pezones en la tela de seda. El marfil de sus caderas desnudas y sus muslos se entreveía por las aberturas laterales hasta la cintura de la túnica.

Sonriendo seductoras, las chicas hicieron una reverencia y se presentaron.

La de verde saludó primero.

—Yo soy Jade.

Con chispitas en los ojos, la otra lo hizo a continuación.

—Y yo Perla.

Jim decidió seguir su ejemplo y se inclinó. La reverencia tuvo un efecto bastante pasmoso, porque el movimiento hizo que el pene en erección se le saliera del kimono.

Jade y Perla soltaron una risita.

Rojo como un tomate, Jim se tapó e intentó recuperar cierto aplomo. No lo consiguió.

Viendo lo avergonzado que estaba, las chicas intercambiaron una mirada cómplice y le acompañaron a un pasillo iluminado por farolillos de papel y, cruzando un panel abierto, a otra habitación.

Los farolillos de papel que pendían de cabezas de dragón ornamentales fijadas en las paredes iluminaban con una cálida luz amarilla las esteras del suelo.

Tomándolo cada una de una mano, las chicas lo llevaron hasta una silla. Se sentó muy excitado, con el pene asomando por la abertura del kimono como una especie de obelisco oriental.

Perla empezó a desnudarse. Su atuendo de seda cayó al suelo y dejó al descubierto un cuerpo desnudo exquisito.

No sabía cómo no se había dado cuenta de que Jade

le ataba las manos a la silla, y aunque forcejeó, en realidad no le importaba demasiado, sobre todo cuando Jade distrajo su atención. El vestido verde de seda se escurrió hasta el suelo; se quedo de pie, desnuda y tentadora, con la piel casi dorada al resplandor de los farolillos.

Ambas chicas se colocaron espalda contra espalda y se inclinaron, acariciándose la una a la otra las nalgas redondeadas. Sus suspiros de placer y sus ronroneos eran música para sus oídos. Entonces Jade se dio la vuelta y recorrió hacia abajo con los pezones la espalda de Perla hasta que se arrodilló y probó con dedos flexibles el exquisito y húmedo sexo que tenía delante de la cara.

Jim era muy consciente de que su polla iba por su cuenta; aunque hubiese tenido las manos libres, nada habría impedido que se irguiera orgullosa. ¡Oh, cómo les reclamaba atención, que una sola le acariciara el glande o la lamiera de arriba abajo con su lengua delicada!

Las chicas continuaron haciéndolo delante de él. En aquel momento Jade gozaba de las atenciones orales de la lengua invasora de Perla.

Jim gruñó. Aquello era una tortura. ¡Un infierno! Dos preciosas bellezas asiáticas dándose placer la una a la otra, desnudas, y no podía hacer otra cosa que mirar.

De repente sonó un gong. Un panel se deslizó. Jade y Perla abandonaron sus actividades, se levantaron y saludaron con una inclinación de cabeza cuando una silueta con toga negra y la cara oculta tras una máscara dorada entró en la habitación.

Como no sabía quién era la recién llegada ni lo que sucedería a continuación, la erección de Jim cedió. ¿Iba su sueño a convertirse en pesadilla?

Las dos chicas avanzaron a gatas hacia la figura, pero ni siquiera la visión de sus culitos disipó su inquietud.

Cuando llegaron a su lado, unas bellas manos salieron de la tela oscura y las ayudaron a ponerse de pie. Unas uñas rojas y unos dedos nobles adornados con anillos de oro brillaron a la luz de las velas.

Todavía tenso y con el pene fláccido, Jim notó disiparse su miedo cuando entrevió el destello de una cinta de oro en el brazo izquierdo de la mujer.

Jade le quitó la capucha y Perla la toga. Le quitaron la máscara.

¡Era ella! ¡La mujer de su sueño!

Le sonrió cuando al quitarse la toga quedó a la vista la misma piel cremosa y las curvas generosas de la noche anterior.

Perla y Jade, de pie, una a cada lado de ella, quitaron la tapa de unas jarras grandes, metieron las manos dentro y volvieron a sacarlas. El aroma de mimosa y jazmín invadió el aire cuando le untaron el cuerpo de aceite perfumado.

«¡Qué espectáculo!», pensaba Jim mientras dos pares de manos delicadas esparcían el aceite sobre los pechos de marfil de la mujer, su vientre y sus tentadoras caderas.

La mujer le sonreía directamente cuando Perla se puso de rodillas y empezó a lamerle la vulva. Jim gimió. Todavía recordaba su sabor dulce, con sólo una pizca de acidez. Jade no perdió el tiempo. Recorrió con la lengua la espalda de su señora, se la pasó por la raja del perfecto culo y se puso a lamerle el ano.

La mujer jadeaba de placer mientras las dos chicas

saboreaban su exquisita flor y su deliciosa puerta trasera. Le lanzó a Jim una mirada traviesa, tentadora, y palmeó el hombro de Jade. La muchacha soltó una risita, se levantó y corrió hacia él. Se arrodilló, desató las cuerdas, le tomó de una mano y lo llevó hacia su señora, mirando admirada su pene pulsante.

Para entonces, Perla y la mujer estaban tendidas en el suelo, cada una con la cabeza enterrada entre los exquisitos muslos de la otra. Rápidamente y sin previo aviso, Perla rodó sobre sí y se puso debajo de la otra, agarró las nalgas de su señora y reveló el ano tentador. Jade se puso de rodillas, tiró de Jim para que hiciera lo mismo, le cogió el pene con manos delicadas y lo guio hasta que estuvo justo en la boca del agujero del apretado pimpollo de la mujer.

Jade le empujó por la espalda, permitiendo que se deslizara despacio en su interior.

Jim jadeó de placer. Nunca había practicado sexo anal. La sensación era de tener la polla en un guante apretado de terciopelo.

Avanzando lentamente, saboreó la sensación del cuerpo de ella cediendo a su penetración. Empujó con cuidado, decidido a que ella disfrutara de aquello tanto como él. Daba igual si era un sueño o no lo era. No quería forzarla ni hacerle daño. La mujer lo notó. Ver sus ojos exóticos de gata mirándolo por encima del hombro bastaba casi para hacerle llegar, pero no todavía. Consciente de su preocupación por ella, pronunció las primeras palabras de la noche.

—¡Más adentro!

Jim le hizo el favor. Se la metió más adentro; ella gimió y siseó más fuerte. Su cuerpo se estremeció bajo el suyo y le presionaba con las nalgas el bajo vientre.

Mientras él continuaba con lo suyo, Perla se daba el gusto con los pechos de su señora y Jade le acariciaba el clítoris con aquellos delicados dedos suyos, lamiéndole de vez en cuando los pezones a Jim y de vez en cuando besando los labios rojos de la mujer.

Gradualmente, aquella deliciosa y cálida sensación que le recorría el cuerpo se acumuló en un chorro de placer que clamaba por liberarse. La sensación se extendió tan rápida e intensamente que se sintió a punto de romperse en mil pedazos. En el preciso instante en que creyó que no podía esperar más, ella le miró por encima de su hombro marfileño y jadeó la palabra que él quería oír:

—¡Sí!

A Jim el cuerpo se le contrajo. Ella echó atrás las manos y le agarró por las nalgas para que la penetrara todavía más. Y Jim se corrió. De repente el placer se le escapó a borbotones. Perla y Jade continuaron con sus besos con lengua y sus caricias eróticas hasta que...

Se despertó.

Seguía en pijama.

En la cama.

Solo.

Buscó con los ojos la figurita. Ya no estaba.

Esa noche puso el apartamento patas arriba buscando la belleza oriental desnuda de sus sueños. Frustrado, se fue a la cama, solo y cansado.

Al cabo de una semana, actuando puramente por instinto, fue a la tienda. Las campanillas sonaron cuando en-

tró. El anciano sentado detrás del mostrador le preguntó:
—¿En qué puedo servirlo?
Jim no sabía qué decir. Esperaba encontrar a la anciana.
—Sí... ¿dónde está la señora que estaba aquí hace unos días?
El hombre lo miró extrañado.
—Hemos tenido cerrado. Estaba de vacaciones con mi nieta.
Sintiéndose un poco tonto, Jim rehuyó la mirada inquisitiva del anciano. Fingió estar interesado en echar un vistazo a la tienda. De repente se le fueron los ojos hacia una foto en blanco y negro de una mujer que había encima del mostrador. La miró fijamente y, cuando vio que el anciano cogía la foto, murmuró una disculpa.
—Perdón. No pretendía ser grosero...
El anciano sonrió y dejó la foto en el mostrador.
Jim se envaró. La fotografía era antigua, pero la mujer sentada en la recargada silla le resultaba familiar. Llevaba una túnica mandarín ajustada, con una abertura hasta la cintura a cada lado. Una cinta dorada le rodeaba el brazo izquierdo.
—Es mi esposa —dijo el anciano.
Jim levantó la mirada, sobresaltado. No sabía si debía sentirse culpable o asustado.
—¿Su esposa?
—Sí, murió hace dos años. Hizo de mí el hombre más feliz sobre la Tierra. —El anciano miró con cariño la foto—. Me prometió que su alma no descansaría hasta que hubiese encontrado al hombre perfecto para nuestra hija.

Las campanillas sonaron. Una voz femenina llamó:

—¡Padre! ¡Traigo la comida!

Jim se dio la vuelta. Una hermosa mujer asiática con traje de ejecutiva se acercaba al mostrador.

—¡Xia! —dijo el anciano—. Estábamos hablando de tu madre.

La chica se volvió hacia Jim y sonrió.

—Hola.

El campanilleo de su voz resonó en sus oídos. Recorrió con los ojos un cuerpo esbelto pero exquisitamente torneado. El traje le sentaba como un guante. Una mata de pelo negro lustroso le rodeaba el rostro delicado.

Sus ojos negros como el carbón le devolvieron la sonrisa. Las cejas eran como dos alas de cuervo. Los labios de coral, ligeramente abiertos, revelaban unos dientes de perla.

Tenía la garganta en un puño. El saludo que por fin consiguió articular le sonó más a graznido porque la sangre le zumbaba en los oídos.

El anciano se dio cuenta de cómo se miraban los dos. Echó una ojeada a la fotografía de su mujer y luego le habló a Jim.

—¿Quiere comer con nosotros?

Jim no pudo ocultar su sorpresa.

—No quisiera entrometerme...

Por alguna razón aquello le hizo mucha gracia al anciano, que soltó una carcajada y dijo:

—¡Yo me buscaré otro sitio! —Y los dejó solos.

Jim miró la bolsa que llevaba Xia.

—Deja que te ayude.

—Gracias —respondió ella.

Esperó de pie con la bolsa en la mano, viendo cómo se quitaba la chaqueta. Llevaba una delicada blusa sin mangas.

De pronto a Jim le dio vueltas la cabeza. No fue por el modo en que la blusa se le pegaba a los pechos altos y respingones ni por la manera en que la seda insinuaba la sublime pero generosa forma de sus pezones. Fue por la banda dorada que llevaba en el brazo izquierdo y el modo en que relucía como con luz propia.

Ella se dio cuenta de que se la miraba fijamente.

—Era de mi madre. Algunos la consideran demasiado provocativa.

Se le acercó un poco más, con una expresión coqueta y pícara, y le dedicó una deliciosa sonrisa inquisitiva. Jim tenía el tentador contorno de su cuerpo a apenas unos centímetros.

—¿Tú qué opinas?

Él sonrió, perdido en aquellas dos charcas oscuras de sus ojos.

—Me encanta.

Todos los días de la semana

Jeremy Edwards

—Estás obsesionado con mi culo, ¿verdad? —dijo Nadine, instalando el atributo antes mencionado en el asiento del coche.
—¿A qué te refieres? —le pregunté, aunque, por supuesto, sabía exactamente a qué se refería.
Me dio un mecánico beso de «después del trabajo».
—Me refiero a que lo miras como la mayoría mira la puesta de sol.
—Puedo escoger las puestas de sol —le expliqué. Aquella noche le cubrían el culo unos pantalones pirata verde lima que lo hacían más fascinante que un centenar de puestas de sol... en mi humilde opinión.
—Mi culo lo tomas o lo dejas. —Se encogió de hombros—. No veo lo que tiene de especial. Incluso cuando estoy completamente desnuda, de pie, frente a un espejo de tres hojas, no veo más que seis aburridas nalgas.
Una erección puso en peligro mi postura de listo-para-conducir-el-coche. Mientras respondía a la observa-

ción de Nadine, agarré el freno de mano... un desplazamiento clásico si eres de la escuela vienesa.

—Porque es cosa mía, no tuya, apreciar ese culo del que hablamos. Además, te desafío a encontrar algo en este coche que merezca más mi obsesiva fascinación.

Ella sonrió.

—Tú siempre tan lógico, ¿verdad? Supongo que sólo estoy desganada.

Le palmeé la mano e intenté poner las cosas en perspectiva.

—No estás desganada. Sólo lo estás en lo que al culo se refiere. Y no siempre. Por ejemplo, no lo estabas el sábado por la noche, cuando te lo apretaba y te hacía cosquillas y te lo palmeaba y acariciaba... y, si no recuerdo mal, tú me pedías con insistencia que hiciera todo eso. —Lo recordaba perfectamente, claro.

—¿Eso hice? No me acuerdo.

—Desde luego parecías tú. —Puse el coche en marcha.

—Vale. Así que no estoy desganada los fines de semana. Recogeré el trofeo en la puerta. Pero hoy es martes, y no necesitamos tanto hablar de mi culo como hacer la compra.

—Lo dirás por ti. Aunque tengo que reconocer que necesitamos algunas provisiones. —Siempre procuro darle la razón hasta cierto punto en situaciones como ésa.

Salimos de la plaza de aparcamiento del trabajo de Nadine. Llevaba años recogiéndola allí casi cada noche entre semana, y había aprendido que el periodo de descompresión al final de la jornada no era buen momento para pillarla mentalizada para el sexo. Estaba cansada, preocupada... y era desconcertantemente práctica. Aunque estuviera muy dispuesta entre las cinco de la tarde del viernes y la medianoche del domingo, era como si todos sus mecanismos sexuales estuvieran apagados a lo largo de la semana... como si pusiera las hormonas en hibernación y su libido estuviera fuera por negocios.

Aquella tarde, mientras recorríamos en coche los tres kilómetros hasta el supermercado, me di cuenta de que quería desesperadamente seducir a Nadine una noche entre semana. Llevábamos juntos tres años, durmiendo todas las noches en la misma cama y follando los fines de semana. Lo que yo intentaba era persuadir a la faceta folladora de su personalidad para que saliera de su letargo un martes por la noche. Todos necesitamos un *hobby*.

Durante las semanas siguientes nos atuvimos a nuestro ritmo acostumbrado: actividad frenética y compañerismo platónico durante la semana rematados por la indulgencia sexual de los fines de semana. Yo disfrutaba de aquellos fines de semana más que nunca, pero llevar nuestra lujuria a los días laborables era una necesidad cada vez más fuerte debido a la prolongada frustración de mi deseo. No había descuidado la tarea de intentar hacerlo realidad, desde luego. Todos los martes le lanzaba indirectas, la acariciaba, la provocaba... pero su respuesta siempre era de cariñoso agradecimiento y nada más.

La primavera dio paso al verano. Cuando volvimos a casa con la compra un martes por la noche, a finales de junio, los dos estábamos empapados de eso que los meteorólogos curiosamente llaman «humedad relativa». Me saqué un as de la manga.

—¡Buf! No sé tú, pero yo voy a ponerme algo fresco —comenté.

Nadine estuvo de acuerdo en hacer lo mismo.

—Ya que vas a cambiarte, ¿por qué no te pones la falda azul? —Aunque intentaba que no se me notaran las intenciones, ambos teníamos claro lo que significaba aquella sugerencia.

Nadine tenía varias faldas azules y sabía precisamente a cuál me refería. Era mi favorita. La minifalda, de un azul irisado como de pluma de pavo real. En casa tenía la costumbre de llevarla siempre sin bragas.

Me habló con ternura pero fue categórica.

—Bernard, esta tarde no tengo más remedio que trabajar en la presentación. Iré tres o cuatro horas de acá para allá, del ordenador a la impresora y al fax. ¿De verdad quieres verme el culo cada vez que me siente, me levante o me incline?

¡Vaya! Podría haberme hecho aquella pregunta un viernes.

—Claro que quiero.

Se encogió de hombros.

—¿Sabes? —la provoqué—. No sólo estás «culoapática», también estás c...

—¡Cállate! Me pondré la falda, ¿vale? Sinceramente espero que lo disfrutes... Pero no te lo tomes como un compromiso por mi parte.

Los ojos le brillaban pícaros, aunque, debo admitirlo, no de lascivia. No todavía. Me sonrió indulgente antes de entrar decidida en el vestidor.

Me preparé algo en el microondas y me serví una Wodehouse. Me puse cómodo en el sofá de dos plazas que había frente a su mesa de trabajo y me preparé para una tarde de retos. ¿Me equivocaba al suponer que no podría ir sin bragas toda la tarde sin excitarse?

Nadine llevaba al ordenador unos cuarenta y cinco minutos cuando, con el rabillo del ojo, vi que tenía la mano entre los muslos y que balanceaba ligeramente las caderas.

No soy la clase de persona que dice: «¡Ajá! Ya te lo decía yo.»

—¡Ajá! Puede que sea martes... pero tú, querida, te estás poniendo cachonda —le dije.

En realidad aquello no era más que una suposición optimista, y levanté una ceja esperanzada hacia ella, esperando confirmación.

Me dedicó una mirada de cansancio pero tolerante.

—Tengo que hacer pis, por si quieres saberlo.

—Pues sí, quiero. —Si algo soy es adaptable. Fui tras ella mientras se iba al baño—. ¿Te importa si acompaño?

Nadine ya había comentado que yo tenía tendencia a omitir los pronombres cuando estaba excitado.

Se detuvo en la puerta, se dio la vuelta y sacudió la cabeza desdeñosa.

—Estoy metida de lleno en lo que hago. Espero no tardar más de lo necesario en el baño.

Costaba creer que aquélla fuera la misma mujer que, un par de sábados antes, me había llamado mientras estaba sentada en la taza del váter de los aseos de señoras del Nordstrom para decirme que estaba echando la mejor meada de su vida y que quería que la oyera.

«Ojalá estuvieras aquí», me había dicho, como en una postal para pervertidos. Ahora estaba allí, pero los negocios son los negocios. Esperé al otro lado de la puerta mientras la sucesión sonora —chorro, papel higiénico y descarga de la cisterna— marcaba su eficiente ausencia con precisión musical. Aquella eficiencia suya me excitó todavía más.

Nadine volvió al trabajo y yo dejé pasar el tiempo. Aparte de incluirla en mi campo de visión, no me inmiscuí en su trabajo mientras tecleaba en el ordenador, iba corriendo a la impresora y mandaba documentos por fax. Pero cada vez que se levantaba, se sentaba o cambiaba de postura, yo captaba un atisbo de su culo. Y empecé a notar que sus ojos se encontraban con los míos, fugazmente, después de cada atisbo. Era como si me preguntara: «¿Me has visto el culo esta vez? ¿Me lo has visto?» Me estaba volviendo loco sabiendo que ella sabía que, todo el tiempo que estaba trabajando, llevaba el culo al aire y yo se lo estaba mirando, esperando que se dejara ver. Y sabiendo que, más allá de la atención consciente que prestaba a sus absorbentes presentaciones de negocios, se excitaba (porque yo lo notaba) con aquello.

Me concentré en su ritmo. Los dedos tecleando, las piernas cambiando de postura, el crujido de los papeles... todo ello contribuía a establecer un palpitar erótico puntuado por las miraditas fugaces que me echaba y que eran cada vez más frecuentes. Tecleando OJEADITA crujido de papeles OJEADITA cambio de postura-crujido-crujido-cambio de postura OJEADITA.

Cada vez que me miraba, buscaba yo el primer indicio de que se estuviera poniendo cachonda. Por fin, en el momento en que separó y juntó las piernas al mismo tiempo que le daba al ratón con especial énfasis, estuve seguro. Vi que los labios le brillaban sutilmente. Dejé el libro y le presté toda mi atención, esperando la siguiente etapa del proceso.

Cuando, al cabo de unos minutos, me pareció que volvía a meterse una mano entre las piernas, el movimiento fue tan rápido que no estuve seguro de lo que había visto, a pesar de que no le quitaba el ojo de encima.

—¿Ya estás cachonda? —le pregunté, fingiendo calma, como si mi interés fuera mera curiosidad.

—Bueno, yo... —Estaba como una bombilla.

El pulso se me aceleró.

—Me ha parecido ver que te tocabas.

—No sé. Estaba concentrada. —Intentó volver al trabajo.

Me levanté y me acerqué a ella, mirándola a los ojos y con la que esperaba que fuera mi más seductora sonrisa.

—Concentrada o no, podrías al menos decir si te estás poniendo cachonda, ¿no?

—¡Joder! —exclamó de repente.

—Creía que nunca me lo pedirías.

—No te estoy pidiendo nada, Bernard. Ha sido un improperio. Acabo de perder una lentilla.

—Ah. Bueno, entonces déjame ayudarte a encontrarla. —Me puse a repasar la moqueta a sus pies. No di con la lentilla. Miré hacia arriba para darle la mala noticia. Pero, cuando levanté la cara, la encontré. Se le había quedado en la falda. Y, justo cuando la estaba observando, cayó un poco más y fue a posarse delicadamente en su vello púbico. Sonreí de oreja a oreja.

—No te muevas.

—No. ¿Dónde está?

—Donde no debería. Pero todavía se sostiene perfectamente. —Le besé un tobillo.

—Hummm —dijo ella a su pesar, y movió nerviosamente las piernas—. ¿Qué haces?

—Te beso un tobillo —le expliqué.

—Creía que estabas intentando recuperar la lentilla.

—Soy un hombre multitarea.

—A lo mejor podrías ser un poco menos multi y dedicarte un poco más a la tarea —me sugirió—. ¡Oh... me encanta! —añadió.

Fui subiendo a besos por su pierna derecha, hasta la cara interior de la rodilla. Me detuve ahí para valorar el efecto de mis atenciones en lo que un meteorólogo hubiese llamado «índice de brillo» más arriba. Me satisfizo lo que vi. Volví a empezar por la pierna izquierda, otra vez desde el tobillo.

—Bernard...

—Estoy ocupado.

—No. Yo estoy ocupada. Me distraes. ¡Oh, vaya...!

Acababa de llegar a la parte posterior de la rodilla izquierda, donde me quedé. Ella balanceaba las piernas haciendo oscilar las caderas; la vulva, antes un par de labios relucientes de humedad, se estaba convirtiendo en una criatura acogedora que despertaba el apetito.

La lente de contacto seguía a salvo en su mata, así que sabía que podía esperar un poco más. Le besé la cara interior del muslo izquierdo.

—Bernard... oh... ¡La lentilla, Bernard!

—Ya la tengo —dije. Y así era. La tenía entre el pulgar y el índice de la mano derecha. Con los demás dedos presionaba suavemente el monte de Venus de Nadine.

Levanté la lentilla y se la ofrecí, como me pedía, e inmediatamente volví a poner la mano en el lugar donde la había encontrado.

«Nunca se sabe», me dije. Podría haber sido otra lentilla o cualquier cosa sin importancia lo que se hubiese perdido en su jardín. Exploré la zona con movimientos suaves de la mano. Ella empezó a ronronear, así que metí el índice de la mano izquierda entre los labios húmedos. Ella separó los muslos un poco más y se estremeció, sensual. Intensifiqué mis caricias íntimas y continué besándole los puntos más delicados de la pierna.

Su gemido me indicó que, psicológicamente, había pasado del punto sin retorno, que por fin se había resignado a sucumbir, en aquel ocupado martes por la noche, a tener sexo oral.

Aceleré el movimiento del dedo y le expresé mi admiración.

—Eres preciosa —le dije—. Preciosa —repetí—. ¡Preciosa! —dije, innecesariamente, por tercera vez, levantando un poco la voz.

Nadine ya chorreaba, y yo sabía que querría mi elocuente lengua.

Saqué el dedo, la agarré con suavidad por la parte posterior de las rodillas y me puse a cubrir de besos su delicado centro, explorando cada milímetro de su feminidad expuesta y metiendo la lengua en sus invisibles profundidades.

Con cada embestida del trasero acercaba más su sexo, con sensualidad, a la ferviente boca que lo excitaba y lo ponía cachondo.

Cuando apretó de manera compulsiva la vulva contra mi cara, aumentaron sus gemidos y se convirtieron en una consonante.

—Mmm, mmm, mmm... —entonaba con rítmica insistencia.

Me puse a trabajar de lo lindo con la lengua y sus muslos empezaron a temblarme en las orejas. Tenía las nalgas calientes como bollos recién horneados.

—Mmm, mmm...

Intentaba decir algo más. Mientras jadeaba entre incipientes gritos de apremiante éxtasis orgásmico, logró articular una palabra, pronunciada con clamorosa sorpresa:

—Mmm... mmaartes —soltó, estremecida. Su voz se desvaneció en tiernos y entusiastas quejidos. Su coño mojado me besó. Dejó caer los brazos sobre mis hombros lánguidamente, con elegancia.

Me levanté y me llevó hasta el sofá, donde se dejó caer de lado. Sólo había conseguido quitarme una pernera de los pantalones cuando alcanzó mis calzoncillos y tiró de mí hacia, sobre y dentro de ella. Estaba tan resbaladiza que me colé sin esfuerzo. Todavía llevaba la falda azul pavo real, así que me hacía cosquillas en el vientre mientras disfrutaba de lo poco que tardé en correrme en la escurridiza y vibrante vagina y llenarla de pegajosa distracción de día laborable.

Rock duro

Kristina Wright

El estadio estaba abarrotado. Miles de vociferantes fans de la estrella del rock Damien coreaban una canción cuya letra parecía hecha especialmente para mí. Le apreté un poco más la mano a Eric, mi marido, mientras Damien la cantaba, con las ideas poco claras porque había bebido en el pub antes del concierto y tomado una calada de un porro que alguien pasaba en aquel antro. Estaba tan inmersa en aquella voz tan sensual que no me di cuenta de que mi amiga Lydia agitaba algo.

Me incliné hacia ella y grité, por encima de la música:

—¿Qué pasa?

—¿Te gustaría conocer a Damien personalmente?

—¿Qué?

—Son pases para estar entre bastidores —me dijo. Eso era lo que agitaba—. A Jeff no le interesa demasiado conocer a los miembros del grupo, pero he supuesto que a ti sí que te interesaría.

Asentí entusiasmada. La sola idea de conocer a Damien me aceleraba el pulso.

Eric se inclinó desde el otro lado.

—¿Eso es lo que creo que es?

Asentí.

—¡Lydia tiene pases para estar entre bastidores!

Eric apoyó los labios en mi oído y me susurró:

—¿No consta Damien en la lista de celebridades con las que te gustaría follar?

Le di un manotazo en el brazo, aunque tenía razón. Los dos habíamos hecho una lista de famosos a los que nos hubiera gustado tirarnos y, claro, Damien estaba en la mía. Era una de esas cosas sobre las que las parejas bromean y que nunca suceden en realidad. Aun así, el alcohol y la marihuana que llevaba encima, combinados con la increíble voz de Damien y la mano de Eric en el culo me hicieron barajar las posibilidades.

Jeff, el marido de Lydia, notó dónde tenía Eric la mano y me hizo un guiño. Eric y yo habíamos especulado acerca de que Lydia y Jeff tal vez fueran aficionados a las orgías, aunque Lydia nunca lo hubiese mencionado. De hecho, no me importaba, porque no me imaginaba practicando sexo con otro que no fuese Eric y no me interesaban las mujeres. Les sonreí a Jeff y a Lydia, excitada y ansiosa por lo que me depararía el resto de la noche.

Mientras el grupo hacía un bis, Lydia me agarró de la mano.

—Vámonos antes de que todo el mundo empiece a marcharse.

Eric me dio otro achuchón en el culo y me dijo:

—¡Diviértete!

No estaba segura de a qué se refería, pero asentí.

—Ya nos veremos en el hotel.

Lydia le dio un rápido beso a Jeff y esbozó una sonrisa cómplice antes de arrastrarme hacia la entrada de la parte posterior del escenario.

Las dos horas siguientes pasaron en un torbellino. Un minuto estábamos enseñando nuestros pases a dos guardaespaldas, al siguiente estábamos entre bastidores con el grupo... y con sus seguidores. Al principio no pudimos acercarnos a Damien porque lo rodeaba una multitud, pero hablamos con el resto de los integrantes del grupo y tomamos unas copas. Yo observaba a Damien de lejos y llegué a la conclusión de que era tan increíble en persona como había imaginado. Aunque de apariencia un poco tosca y salvaje, tenía un encanto de chico malo que me hacía reír como una tonta quinceañera cada vez que miraba hacia donde yo estaba.

Por fin la multitud fue dispersándose y Lydia no perdió ni un minuto en acercarse a Damien. Me puse un poco celosa cuando vi que le ponía una mano en el brazo y le pasaba los dedos por el tatuaje mientras se presentaba. Sonrió y me tendió la otra mano.

—Ven aquí, Carly. Damien no muerde.

Damien me echó una larga y lenta mirada que me desmontó.

—A menos que me lo pidas —dijo.

—Te dejaré hacer lo que quieras conmigo —le respondí.

No podía creer lo que acababa de decir. Lydia me miraba con unos ojos como platos. Me reí. No sabía lo que me había pasado, pero achaqué la culpa al alcohol y al nerviosismo de conocer a Damien personalmente.

—¿Dónde os alojáis, chicas?

Lydia le dijo el nombre de nuestro hotel y él sonrió.

—Yo también. Dejad que os lleve en coche.

Era como un sueño. Íbamos en limusina con Damien camino de nuestro hotel. Lydia y yo estábamos sentadas una a cada lado de él, que nos había puesto un brazo en la cintura. Tendría que haberme resultado extraño puesto que era un desconocido, pero me sentía como si lo conociera. Me puso una mano en el muslo y, en lugar de apartársela, me acurruqué contra él.

Esperaba que desapareciera con sus guardaespaldas y los compañeros de grupo cuando llegamos al hotel. En vez de eso, nos llevó hacia el ascensor él mismo y nos preguntó en qué piso nos alojábamos.

—En el quinto —dijo Lydia.

—Yo estoy en el dieciséis, en la suite del ático. ¿Queréis subir?

Negué con la cabeza, pensando en Eric, que estaría en nuestra habitación, esperándome.

Lydia me agarró de la mano.

—Vamos, Carly. Eric le ha dicho a Jeff que no le importa lo que ocurra esta noche, siempre y cuando te lo pases bien.

No podía creer que a Eric le diera igual si yo me acostaba con Damien, pero supuse que no le importaría que me diera el gusto de seguir con mi fantasía un poquito más.

—Vale.

Subimos en ascensor hasta la planta dieciséis, en silencio. Estarían celebrando una fiesta de narices, suponía yo, pero la suite estaba en silencio.

—El resto del equipo está abajo —dijo Damien—. Tenemos la habitación para nosotros solos.

El corazón se me salía del pecho y le lancé a Lydia una mirada de pánico.

Ella me ignoró.

—Damien, Carly es tu mayor admiradora. Opina que eres el hombre más sexy del mundo. ¿Verdad, Carly?

La hubiese matado. Solté una risita avergonzada mientras seguíamos a Damien.

—Sí, te encuentro estupendo. Las dos te encontramos estupendo.

Estaba tan abstraída intentando no tropezar que no me di cuenta de que Damien nos había llevado al dormitorio.

—¿De veras? —Sonriendo, Damien alargó la mano hacia mí—. Entonces, creo que tendré que pasar un rato con mis mayores admiradoras.

Tenía la mano cálida y fuerte, y la incomodidad que sentía se esfumó en parte cuando tiró de Lydia y de mí hacia la gigantesca cama. Se inclinó hacia Lydia y le dio un beso que la hizo gemir débilmente. Ella le cogió la cara y se la volvió hacia mí. Sé que tendría que haberme negado, pero no quería. Quería que aquel hombre me besara.

Su boca era cálida y húmeda, y besarlo era tal como había supuesto. Se me escapó un suave quejido cuando me metió la lengua y le oí responder con un profundo gemido. Escuché el sonido de la cremallera y noté que se me acercaba. Me eché hacia atrás y me di cuenta de que Lydia se había puesto de rodillas entre las piernas de Damien. Le sostenía el pene tieso entre las manos y me miraba a mí.

—¿No es espléndido, Carly? —Le lamió el glande protuberante con suavidad—. ¡Oh, y sabe a gloria!

—Chúpala —le pidió Damien con la voz ronca—. Chúpame la polla.

Lydia obedeció, subiendo y bajando la cabeza, arrastrando su larga melena rubia por los muslos de Damien.

Nunca la había visto hacer aquello y la cuestión es que me estaba poniendo cachonda. Notaba cómo me mojaba mientras la polla salía de la boca de Lydia y entraba en ella.

Damien tiró de mí y me besó.

—Quiero follarte —murmuró pegado a mis labios—. ¿Puedo follarte?

—Sí.

No sé qué me indujo a decir aquello, pero de pronto quería sentir a Damien muy dentro de mí. Recordé lo que Lydia había dicho acerca de que a Eric no le importaba lo que sucediera esa noche. Apreté los muslos y se me contrajo la vagina.

—Quiero que me folles, Damien —le susurré.

Lydia se sacó el pene de Damien de la boca y me puso una mano en el muslo. La ayudé a ponerse de pie y miré cómo empezaba a desnudarse. La imité, desabrochándome despacio la camisa, que me dejó los hombros al aire. Él tomó mis pechos y me excitó los pezones por encima de las copas del sujetador. Se inclinó y me chupó uno sin apartar la tela. Gemí y le sostuve la cabeza contra el pecho mientras Lydia terminaba de desvestirse.

Damien terminó de desvestirme a mí; primero el sujetador, luego los zapatos, los tejanos y las bragas. Me estiré desnuda en la cama.

—Te toca. También te quiero desnudo —dije, sin acabar de creerme que aquella voz sensual y seductora fuera la mía.

Se levantó y se quitó la camiseta. Admiré aquel aspecto tan masculino de su pecho y el fuerte contraste de los tatuajes. Seguía con el pene fuera de los pantalones, rígido y reluciente de la saliva de Lydia. Se sacó los pantalones y los zapatos. Me di cuenta de que no llevaba ropa interior. Una vez desnudo, se quedó de pie, a los pies de la cama, mirándome.

—Ven aquí —le dije, tendiéndole una mano.

Él tomó a su vez la mano de Lydia, la ayudó a acostarse y luego se tendió entre ambas.

—¿Cuál va a ser la primera?

—Fóllatela a ella —dijo Lydia—. Quiero mirar.

Damien obedeció de inmediato. Me abrazó y me besó, como si notara lo nerviosa que yo estaba.

—Relájate —me susurró pegado a mi cuello—. Sé cómo hacerte sentir bien.

Me recorrió el cuerpo con los labios en trayectoria descendiente, haciendo que los pezones se me pusieran duros toqueteándome y con la boca. Me pasó la lengua por las costillas y por el vientre. Me hundió la punta en el ombligo. Puse las piernas abiertas a cada lado de sus anchos hombros y él hurgó en mi vulva con los labios. Arqueé la espalda y levanté las caderas, instándolo a lamerme.

En lugar de satisfacerme, se volvió hacia Lydia y empezó a lamerle el coño a ella. Noté cómo el mío respondía a los sonidos de succión y chapoteo de las caricias orales de Damien. Quería lo mismo para mí. Lydia se dejó caer contra su boca y yo me quejé suavemente, anhelosa de hacer lo mismo.

De pronto, tuve a Damien otra vez entre las piernas. Me puso las manos en la parte posterior de los muslos y me los empujó contra el pecho. Estaba expuesta y era completamente vulnerable.

Miré a Lydia. Mientras observaba cómo Damien se me ponía encima, se masturbaba. Se envaró, jadeó y cerró con fuerza los muslos sin sacar la mano. Empezó a respirar superficialmente, a pequeñas bocanadas, y me di cuenta de que se había corrido. Aquélla era una de las cosas más eróticas que había visto en la vida. Le sonreí.

Ella sonrió perversamente mientras se llevaba los dedos húmedos a la boca y se los chupaba. Luego, con más dulzura que Damien, me acarició un pezón con los dedos. Me estremecí y gemí. Lydia nunca había tenido para mí ningún interés sexual, pero el tacto de aquellos dedos sumado a la boca de Damien en la vulva me producía una sensación increíble. Cerré los ojos, imaginando que eran los dedos de Eric los que me acariciaban los pezones al tiempo que la lengua de Damien me circundaba el clítoris engrosado y, más abajo, se me colaba entre los labios de la vulva hinchados, y vuelta a empezar. Una vez y otra, lamiéndome, estimulándome el clítoris, sumergiendo la lengua en mi vulva, chupándome los labios.

Noté que me chupaban también un pezón y abrí los

ojos. Lydia me lo lamía al mismo ritmo que Damien me lamía el coño. La aparté con suavidad.

—No puedo —dije—. Es estupendo pero no puedo.

—Perdona. Me he dejado llevar —murmuró.

Damien apartó la boca de donde la tenía lo suficiente para decir:

—Si ella no quiere tu boca, la quiero yo.

Con una risita, Lydia se escurrió hacia los pies de la cama y supe, porque sorbía, que se la estaba chupando de nuevo.

Damien puso la superdirecta. Me trabajó incansablemente con la boca. Parecía que fuera a comerme como a un fruto maduro, chupando y mordisqueando hasta que estuve chorreando. Luego, cuando creía que ya no podía más, me deslizó la lengua hasta el ano. Jadeé y me sacudí contra él, así que lo repitió. Una vez y otra, Damien me lo chupó. Empujaba la punta de la lengua dentro del agujero y la agitaba con fuerza, como si me follara con aquella lengua. Yo me estremecía con aquella sensación, entre quejidos, tan excitada y cachonda que no podía soportarlo más.

—Aquí, Damien —oí que decía Lydia—. Lo he traído para mí, pero me parece que ella lo necesita más.

No tenía ni idea acerca de qué hablaba hasta que escuché el zumbido de un vibrador y sentí a Damien apoyármelo en el clítoris. Con el vibrador mandándome ondas expansivas por todo el cuerpo y Damien lamiéndome el culo, me corrí. Me apreté contra él, agarrada a las sábanas, jadeando y gimiendo su nombre.

De repente lo tuve encima, metiéndome la polla tiesa en la pulsante vagina.

—¡Tienes un coñito tan jodidamente mojado! —jadeó.

—¡Fóllame, fóllame, fóllame! —gimoteé aferrándome a él.

Una y otra vez me penetró, llenándome con su pene mientras su cuerpo musculoso me tenía clavada en la cama. Pude oír los gemidos suaves de Lydia y supe que estaba mirándonos y tocándose otra vez. Levanté las caderas para acoplarme a las embestidas de Damien, quien, con un gruñido casi animal, se corrió. Su pene latía en mi interior mientras yo se lo exprimía. Lo sacaba cada vez que tenía que descargar. Yo le acariciaba los hombros y la espalda con delicadeza, sosteniéndolo.

—Ha sido increíble —susurré.

—Jodidamente increíble —convino.

Lydia se rio.

—Ni siquiera era a mí a quien te follabas y me ha parecido asombroso.

Los tres nos reímos bajito, sofocados y exhaustos. Yo no podía pensar en otra cosa que en contarle a Eric lo sucedido.

Se me cerraban los ojos y lo siguiente de lo que fui consciente fue de que Lydia me estaba sacudiendo con suavidad.

—Vamos, Carly. Los chicos se van a preocupar por nosotras.

Damien estaba dormido y roncaba un poco. Me escurrí de la cama y me vestí. En silencio dejamos la suite y a una tremendamente sensual y desnuda estrella del rock en un revoltijo de sábanas. Lydia se rio como una tonta en el ascensor.

—¿Qué pasa?

Sacudió la cabeza.

—No estaba segura de ti, pero cuando te lanzas, eres una fiera.

Me puse colorada como un tomate.

—Es un hombre increíble.

—Sí.

Tenía el corazón desbocado por un motivo completamente distinto cuando llegamos a la habitación. El sol ya salía y yo esperaba que Eric y Jeff estuvieran dormidos. Los dos estaban despiertos.

—Habéis estado fuera un buen rato. ¿Os habéis divertido? —nos preguntó Jeff.

—¡Dios, sí! —dijo Lydia—. Venimos de la suite de Damien.

—¿Qué ha pasado? —preguntó Eric.

—Ya te lo contaré luego. —Me agarró de la mano y tiró de mí hacia el baño—. Necesitamos una ducha.

Estaba tan aliviada que ni siquiera me quejé cuando Lydia empezó a desvestirme con la puerta del baño abierta. Esperaba que Eric dijera algo acerca de que Jeff estuviera mirándome mientras me desvestía, pero miraba atentamente cómo Lydia me quitaba la ropa y luego se quitaba la suya.

Lydia abrió el grifo de la ducha y me hizo entrar con ella. La mampara era de cristal transparente y yo sabía que los chicos nos veían perfectamente a las dos.

—¿Qué haces? —le pregunté cuando se puso a enjabonarme los pechos.

—Ofrezco un espectáculo a los chicos.

—Lydia, ya te he dicho que no puedo hacer esto —protesté, intentando apartarme.

Se rio.

—No seas boba. No vamos a hacerlo, sólo vamos a ponerlos a cien a ellos. Cuando Eric se entere de que te has follado a Damien, habrá terminado contigo. Esto no es más que para excitarlo un rato más.

—Oh. —No podía creer la manera en que Lydia usaba la cabeza, pero tampoco negar que me estimulaba la idea de follarme a Eric justo después de haberme tirado a Damien.

Imité las caricias de Lydia, pasándole el guante jabonoso por los pechos y el vientre. Parecía disfrutar de aquello. Casi posaba mientras me dejaba lavarla antes de devolverme el favor.

Cuando cerró el grifo, las dos estábamos relucientes y completamente despiertas. Nos envolvimos en una toalla cada una y salimos de la ducha llena de vapor. Vi que Eric y Jeff nos miraban como si fuéramos la cena y no pude evitar sonreír.

—Ven aquí —le dijo Jeff a Lydia, con la voz ronca de deseo—. Si no te follo ahora mismo me va a explotar la polla.

Lydia se le acercó rápidamente, se quitó la toalla y le bajó los pantalones cortos a Jeff de un tirón.

—Necesito que me folles a base de bien —confesó.

Dudosa, me senté al lado de Eric.

—¿Bien? —le pregunté suavemente, intentando ignorar los quejidos de Lydia provenientes del otro dormitorio mientras se subía encima de Jeff.

—¿Te lo has follado?

Lo miré, intentando descifrar su expresión. Luego tragué saliva y asentí.

—Sí.
—¿Te ha gustado?

No pude evitar sonreír.

—Sí. ¿Estás furioso?

Eric me cogió la mano y se la puso en el pene. Lo tenía duro como una piedra.

—¿Tú qué crees?

Aparté las sábanas y le quité la ropa interior a Eric antes de tenderme encima de él.

—Quiero que me folles —le susurré, pegada a su mandíbula—. Te necesito dentro.

Me coloqué y lo guie para que me penetrara; me llenó de un modo... Damien nunca podría llenarme así. Me mecí; sabía cómo le gustaba que me moviera, sabía lo que hacía falta para que se me corriera dentro. Gruñó y cerró los ojos, sosteniendo mis pechos y apretándomelos mientras daba embestidas.

—¡Oh, Dios, nena, fóllame! —gemía.

Mientras cabalgaba a Eric llevándolo hacia un orgasmo explosivo, me pregunté por un instante si Damien estaría dormido todavía y si a Eric le importaría visitar la suite del ático conmigo un poco más tarde...

VIP

Phoebe Grafton

—¿Hilary Fieldman?

Me abordó antes de que tuviera tiempo de pasar la aduana del aeropuerto Kennedy y salir al sol plomizo de Nueva York.

—¡Hola! La he reconocido por las fotos. Yo soy Harry, el secretario personal del señor Bernstein.

Me desnudaba con los ojos como si fuera un plátano. Le detesté de inmediato. Me estrechó la mano. Tenía la palma sudada. Evidentemente, Harry estaba nervioso. Empecé a sentirme mejor.

Hizo una seña con la mano y una limusina apareció ronroneando. En Inglaterra habría sido lo bastante grande para servir de autocar.

El chófer, que parecía un jugador retirado de fútbol americano, y que probablemente también hacía las veces de guardaespaldas, recogió mi equipaje de mano. En cuanto nos sentamos Harry empezó a recitar su guión como si llevara días estudiándolo. No podía estarse quieto. Yo tenía razón. Harry era un joven muy nervioso.

—¡Eh! Su modelo K62zeta nos ha traído a todos de cabeza. —Se calló, como asaltado por un súbito pensamiento—. Bueno —prosiguió—, ha sido un día muy largo para usted. Deje que le sirva una copa.

Pulsó un botón que transformó por completo el interior del coche; aparecieron botellas de cristal y vasos. Habían pensado en todo.

Era hora de tomarle un poco el pelo.

—Quisiera un tequila Sunrise.

Por la cara que puso, parecía que le hubieran robado el talonario de cheques.

—Lo siento. No tenemos tequila.

Le propuse otra cosa. Continuamos.

—Dígame, Hilary... —Hizo una pausa—. No le importa que la llame Hilary, ¿verdad?

—Pues, de hecho, sí que me...

Me cortó, ruborizado, con aspecto de estar confundido y alicaído al mismo tiempo. Yo disfrutaba de aquello. El tipo, en cualquier caso, era un pelota.

—Perdone, sí, por supuesto. —Recuperó la compostura con una rapidez que no dejaba traslucir que probablemente lo habían tratado como un felpudo durante años.

—Dígame, señorita Fieldman, ¿cómo se le ocurrió un diseño tan simple y eficaz?

Me aclaré la garganta.

—Mire... —empecé a decir, muy en serio.

Harry se echó atrás de nuevo y levantó las manos en señal de rendición.

—Olvídelo —se apresuró a decir—. Yo no soy más que un secretario personal. Dejo el microchip mágico a ustedes los técnicos.

Retomó el guión, obviamente así se sentía más seguro.

—El lanzamiento está listo. —Harry estaba sin aliento—. Le he reservado una suite en el Waldorf. C. J... quiero decir, el señor Bernstein, está fuera de la ciudad este fin de semana. Hay convocada una reunión para el lunes a las diez de la mañana. Entretanto, quiere que disfrute de su estancia en Nueva York.

El cuello de la camisa le quedaba estrecho y se le ponía la cara roja cuando hablaba a la velocidad de una ametralladora.

Hizo una pausa para recobrar el aliento. La falda corta de mi conjunto negro de dos piezas Armani le dejaba ver demasiado muslo.

—Es usted verdaderamente atractiva —dijo—. Quiero decir...

—Gracias. —Lo corté en seco. Me pareció que aquel hombre ya tenía suficientes problemas por el modo en que respiraba.

La limusina se detuvo delante del Waldorf. Otro futbolista retirado de uniforme se ocupó de mi equipaje de mano. Me quedé de pie ociosamente mientras Harry le susurraba instrucciones y le entregaba cierta cantidad de dinero.

Mientras se ponía en marcha, Harry gritó por encima del ruido del tráfico:

—Hay dos entradas para un espectáculo de Broadway en recepción. Un acompañante pasará a recogerla más tarde.

Contuve el aliento y esperé. Harry no me decepcionó.

—Que tenga un buen día.

Y se fue.

Me gustaba el Waldorf Astoria. La fachada imponía. Al puro estilo Art Déco. Dentro no había nada de plástico a la vista. Candelabros, caoba y mobiliario discreto. El ascensor silencioso llevaba directamente del vestíbulo a mi suite del ático.

Era enorme. Deambulé por aquellas habitaciones inmensas sintiéndome perdida y bastante sola. Estaba de un humor variable, por lo que decidí animarme con un agradable baño caliente. Fresca y hambrienta, esperé impaciente a ver lo que sucedería a continuación.

El teléfono sonó. Era una llamada desde recepción. Había un visitante en el vestíbulo. Dije que estaba lista y colgué. Tenía que ser mi acompañante. ¿Qué clase de acompañante habrían escogido Harry y su empresa para mí? De momento no podía encontrar defectos a sus esfuerzos. Si el vendedor sabía a lo que atenerse, entonces mi acompañante sería seguramente algo fuera de lo ordinario, en el buen sentido.

Llamaron a la puerta.

—¡Hola! —dijo—. Soy Greg.

Me miró. Me quedé de una pieza. Greg era puro material para las páginas centrales de una revista.

—Hola —repitió—. Soy de la agencia de acompañantes.

Me tendió la mano. La acepté y se la estreché sin soltársela por si era un producto de mi imaginación y se desvanecía. No se desvaneció.

Allí estaba. Ancho de espaldas, rubio, un pedazo de tío de ojos azules. El hombre que siempre había querido encontrar bajo el árbol de Navidad.

—He venido a ocuparme de usted. Si necesita algo... lo que sea... —Sonrió—. Simplemente, pídamelo.

Las hormonas empezaron a actuar ya incluso mientras me decía aquello. Me aclaré la garganta. Lo había hecho muy a menudo últimamente.

—Gracias —le respondí.

Vimos el espectáculo. No me preguntéis de qué iba, porque estaba demasiado ensimismada en mis fantasías. Cada vez que Greg volvía la cabeza era yo más consciente de lo que me atraía aquel hombre.

Durante la cena, por cortesía de C. J., habló poco pero escuchó un montón. La presencia de Greg era la guinda de la red de intrigas en la que me hubiera gustado demasiado quedar atrapada.

Después de cenar, Greg sugirió que fuéramos a un club nocturno. Pero yo ya había tenido bastante por un día. ¿Formaba parte de sus deberes acompañarme al hotel como colofón de la noche? Así lo hizo, en efecto.

Un rato más tarde, a la luz tenue de la suite del ático, estaba a mi lado mirando la ciudad por la ventana.

Una vez más me di cuenta de lo tremendamente cerca que lo tenía. Se volvió hacia mí y me abrazó. Cerré los ojos. Era Navidad.

Greg apretó su cuerpo cálido y musculoso contra el mío, que no puso inconvenientes. Unos dedos hábiles y experimentados dieron con mi punto débil. Me oí gemir junto a su oreja. La necesidad que sentía resultaba demasiado evidente.

Me quitó la ropa mientras mi cuerpo suplicante se ofrecía para recibir más atenciones. Greg me sostuvo los pechos con las manos y, con suavidad, me chupó ambos pezones, succionando con los labios para ponérmelos duros.

Se apartó un momento para apagar la luz. La que entraba por la ventana seguía siendo suficiente para permitirme distinguir su silueta en la oscuridad, que se fundió con la mía cuando volvió a mi lado.

Unas manos fuertes se acoplaron a mis nalgas. Noté la fuente del poder que emanaba de ellas cuando me levantó sin esfuerzo para tenderme en la cama. Por un breve instante me quedé sobre las sábanas frías mirando hacia arriba su sombra oscura. Temblaba ante la expectativa, con los muslos separados como las fauces de una serpiente, esperando atrapar a aquel hombre tan guapo en mi interior.

Escuché con alivio las prisas que se daba en aquella habitación a oscuras. Se libró rápidamente de la ropa y se tendió a mi lado. Para mi tormento, me acarició la cara interior de los muslos con sus grandes manos.

Sin previo aviso, lo tuve entre las piernas. Buscó a tientas la entrada de la vagina pasándome el glande de su pene erecto por los labios pegajosos de deseo.

Luego dio un empujón y me vi maravillosamente llena de él, hasta el fondo.

Una velada cargada de expectativas me tenía al borde del orgasmo. Así que, segundos después, casi en el mismo instante en que logró la máxima penetración, noté la sensación palpitante del orgasmo que se avecinaba.

Le abracé fuertemente con las piernas, notando que él también estaba a punto de correrse. Juntos coreamos la consumación en un dúo de clamorosos suspiros entrecortados.

Poco después, descansando en un halo de exhausta satisfacción, me dormí.

Más tarde, en la oscuridad, cuando el resplandor de las luces de la ciudad todavía entraba en la habitación, Greg me estimuló de nuevo. Incluso mi subconsciente se anticipaba a sus deseos. Una cópula frenética satisfizo nuestro arrollador apetito.

Cuando salió el sol por la mañana vi que Greg se había marchado.

Viví sólo un breve instante de pérdida y ansiedad: sabía que volvería.

Me di el lujo de quedarme un rato en la cama. ¿Qué puede hacer una chica un sábado en Nueva York para divertirse?

Dadas las atenciones de mi acompañante hasta el momento, me pareció que los problemas resultarían ser inexistentes. Mientras, me daría el gusto. El desayuno que me trajo el servicio de habitaciones me dejó bien por dentro. Había llegado la hora de lavarme por fuera; aunque era reacia a librarme del excitante olor masculino de Greg, que todavía llevaba encima.

El baño espumoso resultó un paraíso para la contemplación. Mientras estaba en la bañera oí que se abría la puerta de la suite.

—¿Eres tú, Greg? —grité.

No lo era. Se abrió la puerta de corredera del baño.

—¡Hola! —dijo el hombre que entró—. Soy Rocky.

Le di un repaso de pies a cabeza. Desde luego, lo parecía.

—¿Dónde está Greg? —le pregunté, olvidándome de parecer avergonzada.

—Hoy no está.

—Ah —dije, con cierta acritud—. Era la polla del viernes, ¿no?

—No es eso. —Parecía un poco dolido.

Lo miré. Otro tipo digno de las páginas centrales de una revista.

«Cállate, tía —me dije—. Te has ganado la pareja del otro.»

Mientras, Rocky se había arrodillado junto a la bañera y me miraba con sus profundos y sinceros ojos castaños.

«¡Oh, Dios mío! Ya empezamos otra vez!», pensé. Me sucedía que no me desagradaba tanto la perspectiva como hubiese debido.

—Estoy aquí sólo para ti, cariño. Cualquier cosa que quieras, simplemente, pídemela.

Le tendí el jabón.

Si Greg me había encendido, Rocky echó leña al fuego.

Las manos que me lavaban eran tan delicadas como las del anterior empleado de la agencia de acompañantes, aunque las de Rocky resultaban tal vez un poco más aplicadas. No dejó nada sin tocar.

Tan suave era su tacto que me sentí más ungida que enjuagada cuando terminó. Me secó y se apartó un poco para admirar su trabajo.

—Desde luego, eres una preciosidad, cariño.

A diferencia de la del lascivo Harry, la mirada de Rocky me envolvió en un resplandor cálido de pies a cabeza.

Estaba a punto de darle las gracias por el cumplido cuando me besó. Entonces se me doblaron las rodillas y me llevó del baño al dormitorio.

Cuando me hubo dejado en la cama, empezó a darse un banquete erótico sobre mi cuerpo recién lavado. Con los labios me encendió la cara interior de los muslos, recorriéndolos en sentido ascendente.

Le desabroché, porque no quería verme privada del placer sensual. Rocky paró lo suficiente para liberar su cuerpo de la prisión que yo deseaba excitar. Así que en un instante estuvo desnudo y espléndido.

No podía haber un nombre más adecuado para aquel hombre, en mi opinión. Sólido como una roca, pesado como una roca y la tenía dura como una roca: era magnífico.

En la oscuridad, no había podido verle el arma a Greg. No sucedía lo mismo con Rocky. Orgullosa y erecta, allí estaba su polla, delante de mí... y ¡tan grande!

Nos colocamos en la cama. Mientras Rocky enterraba la cabeza entre mis muslos para poder jugar con la lengua, yo estaba ocupada haciéndole otro tanto.

Me puse encima de su torso maravillosamente desarrollado, me senté a horcajadas y me dejé caer sobre su espléndido pene palpitante.

Él tenía la voz ronca de pasión mientras yo notaba el glande de su polla dilatándome los labios de la vulva al máximo.

Poco a poco fui bajando... glorioso centímetro a glorioso centímetro.

Al final estuve total e inextricablemente empalada. Notaba toda la longitud de su pene en mi interior.

Nuestros cuerpos iniciaron una eufórica danza de desafío y Rocky se hizo con el control de mis pechos bamboleantes. Las contracciones y los espasmos de aquel monstruo palpitante que tenía dentro me dejaron lista, aunque no me llevaron al momento final.

Con una embestida que llegó hasta el centro mismo de mi ser, Rocky se corrió. Juntos celebramos el orgasmo con un coro de jadeantes suspiros desgarradores.

Nos quedamos los dos tendidos en la cama, satisfechos y agotados.

Rocky y yo pasamos el resto del día haciendo turismo. Nueva York tiene fama de ser un lugar que las chicas solas evitan. Con mi poderoso y duro acompañante, sin embargo, ¡Nueva York era mío!

Recorrimos la Quinta Avenida. Saks, Gucci y el resto de establecimientos eran lugares a los que tenía secretamente la intención de volver cuando se había presentado mi Bond. Luego fuimos a Tiffanys. Tres plantas de porcelana, relojes elegantes y cristal. Con mi presupuesto, dudo que hubiera podido tomarme una taza de café, y mucho menos un desayuno completo.

Lo último que visitamos en Tiffanys fue la sección de joyería. Miré asombrada algunas piezas fabulosas. Sólo cuando, con el rabillo del ojo, pillé a Rocky admirando mi tipo, me di cuenta de que los diamantes no son el único amigo que necesita una chica.

El día pasó en un suspiro. Las horas fluyeron y mi mágico acompañante acabó en la suite del ático mirando por la ventana las luces de la ciudad. ¿De verdad habían pasado sólo veinticuatro horas desde que había estado en aquel mismo lugar con Greg?

Hicimos el amor toda la noche. Luego, de repente, amaneció. Entre cabezadas, oí a Rocky en el baño.

Poco después se había marchado.

Como yo.

El 747 despegó del aeropuerto Kennedy y empecé a dormitar otra vez casi antes de que se hubiera encendido la señal de abrocharse los cinturones. Permanecí despierta lo suficiente para profundizar en mi experiencia.

Había sido sin duda un fin de semana memorable. Y... ¡era una fan de los estadounidenses!

Aun admitiendo que mi experiencia era un tanto limitada, parecía que sabían bien cómo tratar a una chica... tal vez a excepción de Harry, aunque supuse que lo había dado todo de sí.

Me permití reírme entre dientes ante la perspectiva del siguiente encuentro entre C. J. y Harry. Llegué a la conclusión de que el gran jefe no estaría demasiado satisfecho con su secretario personal. Ése era el problema de Harry... que se precipitaba demasiado.

Descarté aquella idea con un suspiro de satisfacción. ¡Greg y Rocky! No señor, nadie puede echar en cara a los estadounidenses su falta de hospitalidad. No hubiese podido pasármelo mejor... ¡Ni siquiera de haberme llamado verdaderamente Hilary Fieldman!

Pendientes de un hilo

Conrad Lawrence

Fecha: Miércoles, 14 de junio 12.29
De: *Carl@hotferyou.com*
Asunto: Tengo curiosidad
Para: *Amy@silkstockings.net*

 Estoy aquí sentado, calificando tareas online, así que me resulta fácil ir de un lado para otro, entre el e-mail y el trabajo. ¿Tú estás en una reunión?

CARL

Fecha: Miércoles, 14 de junio 12.47
De: *Amy@silkstockings.net*
Asunto: R: Tengo curiosidad
Para: *Carl@hotferyou.com*

Hora del almuerzo... y estoy enviando e-mails durante la reunión... para mantenerme despierta.

Amy

13.22 de Carl@hotferyou.com
Bien, sé que estás almorzando y me ocultas bajo la mesa de reuniones a la que estás sentada. Llevas falda. Primero, te toco con suavidad, acariciando la parte posterior de las pantorrillas, rodeándote los tobillos, dándote besos suaves en las rodillas. Luego meto las manos más arriba, bajo la falda, muy despacio, hábilmente. Te das cuenta de que estás atrapada y que te paso las manos por los muslos tan despacio que nadie lo notará... a menos que reacciones. Así que te quedas sentada en silencio, esforzándote para prestar atención, para responder... a los de la reunión, no a mí.

Tardo cinco minutos en llevar las manos más allá de la parte superior de tus muslos, por un lado, hasta que encuentro la cinturilla de las bragas. Tengo los brazos debajo de tu falda hasta más arriba del codo y te bajo la cinturilla por encima de las caderas, con la cara enterrada entre tus rodillas como si la tuviera entre los senos de una amante. Cedes a ello, porque sabes que si intentas detenerme te arriesgas más a que te descubran que si consientes. El proceso de quitarte las bragas me lleva más de quince minutos. Te paso los dedos por las caderas, por los muslos, con diestros toques breves; te deslizo las bragas piernas abajo. Cuando los muslos quedan al descubierto, no voy más despacio cuando te las deslizo sobre las pantorrillas, pero mantengo la misma diligencia lenta y pesada para quitártelas, disfrutando de cada instante que paso en contacto contigo.

Notas mi impaciencia, mi deseo de abrirte las piernas y besarte la cara interna de los muslos y...

13.53 de Amy@silkstockings.net

No te permito que aproveches el momento y me controles del modo que sea. Sé que no puedes estarte callado cuando se te presiona. Así que me subo el mantel hasta la cintura para ocultar lo que está a punto de suceder.

Recorro el suelo con la punta del zapato para calcular dónde tienes las piernas. Encuentro las dos rápidamente y luego tu cuerpo. Con el tacón del zapato, suavemente pero con firmeza, te aprieto la entrepierna y noto cómo se te empina. Me agarras el pie con las manos para indicarme que pare. No te hago caso, retiro el pie y te dejo con el zapato en la mano. Enseguida noto cómo se está poniendo cuando te deslizo el pie hasta el pecho para apartarte de mí.

Separando las piernas de modo que puedas mirar mientras te mantengo a raya, meto despacio la mano bajo el mantel. Así noto cómo me estoy empapando, pero te impido tocarme.

14.12 de Carl@hotferyou.com

Descargo el peso en tu pie, intentando acercarme más, incapaz de apartar los ojos de tu mano. Nunca he sido capaz de apartarlos de tu mano, su fuerza y su elegancia siempre tiran de mí. Estoy amarrado a ti viéndola cubrir tu sexo, tocándote hábilmente con movimientos lentos que van más allá de la mera exploración. Quisiera ser esa mano para apoyarme en ti, quizá, si se da el caso, para entrar en ti, para estar dentro de ti con cada centímetro de mi cuerpo que pueda estar en contacto contigo. Pero, y por eso estoy en un dilema, también quiero que esa mano me toque, que rodee mi necesidad y mi impaciencia con su elegancia y que me sostenga con su fuerza, la fuerza que te caracteriza.

Vuelvo la cabeza, no demasiado, para no perder de vista esa mano tuya, pero sí para besarte un tobillo. Mi única arma para debilitar tus defensas. Entre la persuasión táctil de mi lengua en la cara interior de tu tobillo y tu necesidad de postergar parte de tu atención, avanzo, plantándote besos en la pantorrilla y el muslo, hasta llegar a tu mano, la última barricada entre tú y yo.

Te paso la lengua por los dedos, la deslizo hacia arriba entre el índice y el corazón, hasta donde se juntan tal como a mí me gustaría meterte la lengua entre las piernas. Empujo entre tus dedos para apartarlos y poder tener un mínimo contacto contigo. Insisto en mi incursión y te mordisqueo el nudillo de un modo que te indica que me da lo mismo cuánta gente haya en la habitación, que he sacado el pene rígido de detrás del parapeto de la cremallera y que quiero levantarme y penetrarte no importa quién esté mirando. Quiero que me vean hacerte el amor. Quiero que me vean con una mujer como tú.

Pero te mantienes firme y...

14.37 de Amy@silkstockings.net
Me parece que tengo que volver a decírtelo...
¡¡¡NO!!!
Empiezo, despacio pero con firmeza, a encoger los dedos y a convencerte para que enlaces los tuyos con los míos. Luego, te araño profundamente con las uñas el dorso de la mano. Sé que no me harás caso y que seguirás adelante. Pienso desesperadamente cómo obligarte a parar. ¿Cómo puedo seguir con la reunión sabiendo que estás ahí? No te irás porque yo esté incómoda... te he visto disfrutar mirándome estar incómoda otras veces. Te excita verme responder en situaciones comprometidas. Estoy realmente nerviosa y te clavo más las uñas para decirte que... NO.

A pesar de todo, me apartas la mano y me retuerces la muñeca sólo lo suficiente para que te suelte. Me doy cuenta de que no tengo la fuerza suficiente para oponerme a tu mano y que esforzarme más sólo me hará sentir más incómoda en la reunión. Así que aparto las uñas, quito el pie de tu pecho y te planto la rodilla derecha delante de la cara. Despacio, levanto la pierna por encima de nuestras manos entrelazadas hasta quedar abierta de piernas con nuestras manos debajo del muslo derecho. Me inclino. Ahora te tengo... con la mano y el antebrazo atrapados bajo el muslo y alejándote con la pierna estirada. Noto con los dedos del pie lo excitado que estás, lo que se te ha hinchado la polla.

Sé que no te moverás porque no quieres que te encuentren con el pene al aire. Con la mano izquierda, me froto despacio la cara interior del muslo izquierdo. Sé que no puedes hacer otra cosa que mirarme.

15.09 de Carl@hotferyou.com

Y no puedo hacer otra cosa que mirarte, con la esperanza de que me des más para ver el tormento de lo que no puedo tener. No sé en qué centrar los sentidos ni los ojos: si en tu mano de largos, elegantes y fuertes dedos o en mi dolorosa e imperiosa necesidad, tan consciente de la presión de tus dedos.

Ni siquiera sé si es el latido del pulso en el pene o si ya he empezado a correrme. Me la sostiene en ese punto horroroso de casi-pero-no-lo-bastante para el orgasmo y sé que sabes que me tienes así y no sé si lo que quieres es que me derrame en tu pie, acabar con la única posibilidad que tendré de estar atrapado en estrecho contacto contigo.

Así que miro y miro y alcanzo el orgasmo y suelto el cálido e intenso dolor que me produce el tacto de tus dedos contra mí. Doblas los dedos y me sueltas, acariciándote la cara interior del muslo, luego haciendo círculos hasta que, bajito, te ruego:

—Por favor.

Quienquiera que esté hablando titubea porque no está seguro de haber oído una voz debajo de la mesa.

—Por favor.

Esta vez simplemente pronuncio la palabra con la boca apoyada en tu muslo, luego otra vez un poco más fuerte:

—Por favor.

Ambos sabemos que seguiré pidiéndotelo cada vez en voz más alta a menos que hagas algo. Barajo, y tú también, la posibilidad de revelar a los presentes el alcance del deseo que desatas en mí. No tienes más remedio que darme algo valioso que mirar. Te metes la mano

entre las piernas. Yo empujo adelante y atrás, deslizando la polla dura por la depresión entre dos dedos tuyos. Es una pregunta: «¿Qué? ¿Qué quieres?»
Dime...

15.48 de Amy@silkstockings.net

Vuelvo a clavarte las uñas para avisarte con contundencia de que no debes decir ni pío. Aflojo la presa lo suficiente para estar cómoda mientras me arrellano en la silla. Noto que apartas la mano y la recupero y me inclino hacia ella. Ahora, repartiendo el peso para mantenerte a raya, arqueo un poco la espalda. Sé que tengo que estar cómoda para disfrutar.

Con la mano izquierda me separo más las piernas. Quiero que puedas verlo, pero no claramente. Pongo la mano de modo que te bloqueo en parte la visión. Empiezo a notar el calor extremo en la entrepierna y sé que quiero placer. Me debato mentalmente pensando en qué es lo que realmente quiero.

Quiero que mires, quiero excitarte, sin embargo quiero sentir tus manos descubriéndome. Quiero sentir tu lengua descubriendo cada centímetro de mi piel. Quiero someterme a ti, a tu fuerza, a tu masculinidad... pero no puedo. Estoy nerviosa y no quiero soltarte la mano. Debo mostrarme fuerte y no perder el control, pero me siento incómoda y quiero que me tomes. Quiero sentir tu descarga de poder. ¡No estoy dispuesta a que me toques! Sin embargo, empiezo a estar húmeda. Lo sé. Noto la quemazón muy dentro de mí, que produce un frenesí sexual que me obliga a satisfacer mis necesidades a cualquier precio.

Suspiro, suelto aire despacio, inspiro de nuevo y exhalo, para despejarme la mente. Me aparto mentalmente de la reunión y me abro a sentir hasta la última sensación, empezando por mi pie. Me doy cuenta de lo cerca que estás de llegar y lo aparto de ti. Estoy cómoda, con las piernas en una postura confortable.

Alargo más la mano para ver lo húmeda que estoy. Empiezo a masturbarme y permito que mires mientras me froto hasta tener el dedo brillante de flujo. Me llevo la mano a la boca lentamente, lo pruebo y te oigo exhalar. Sé que tienes que mirar y que te has quedado helado de ver que lo estoy saboreando delante de todos. La polla te crece más con la idea de mi sabor en mis labios.

16.05 de Carl@hotferyou.com

Seguro que sabes que estoy tan excitado que me duele. Seguro que tienes que haberlo notado cuando mi polla rígida apoyaba su necesidad en los dedos de tus pies, vibrando de impaciencia. Mantengo lo dicho mientras tú me permitas estar en contacto contigo, sentir tu excitación a través del contacto con tu piel, notándola no sólo con mirarte. Te miro volver a llevar la mano a ese centro de excitación que tienes entre las piernas. Miro la elegancia de tu mano excitándote, esperando que llegues al clímax, deseando poder sustituir por mi lengua ese largo y elegante dedo. Sabiendo que tu orgasmo coincidirá con el mío y rogándote que no nos traiciones a ambos evitando este mutuo viaje. Vibro, al límite del control, sabiendo que sólo si soy testigo de tu orgasmo podré correrme yo sin tocarme lo más mínimo la polla.

Me estaré quieto si hace falta, pero te haré saber mi

grado de excitación con besos y lametones en la cara interna de tus muslos. Te haré saber con este contacto oral mi deseo de formar parte de tu orgasmo, mi deseo de ponerme delante de todos los presentes en la habitación y que me vean enseñarte el efecto que me causa. Y me pregunto: si lo hiciera, si me quedara delante de ti, con la polla dura a punto de reventar, ¿querrías que sufriera de esta manera mirándote alcanzar tú el orgasmo o preferirías que me tocara y me la sacudiera?

Es la única pizca de lógica que no se ha dejado avasallar por la pasión que me mantiene debajo de esta mesa y que me dice que esto no puede ser... no todavía.

Así que te miro la mano, el vehículo de todas las cosas elegantes del mundo mientras la deslizas arriba y abajo por esa vulva tuya, introduciéndotela unas veces y otras masajeándote el clítoris. No te oigo decir nada, pero noto tu excitación. Las oleadas te recorren y me recorren, lamiéndome la conciencia como las olas nocturnas de un lago lamen un bote. Te detienes. Te escucho responder a una pregunta, palabras intrascendentes, que no merece la pena oír, así que las ignoro y me quedo a punto de explotar, tanto física como psíquicamente.

Empiezas a tocarte otra vez y te miro...

16.22 de Amy@silkstockings.net

Noto cómo se te acelera la respiración contra mi muslo y sé dónde estás y lo cerca que estás de llegar. No puedo creer que no te hayas tocado mientras mirabas. ¿Cómo puede ser? ¿Cómo puedes no buscar placer físico mientras experimentas placer visual? Quiero que me saborees, así que abro del todo las piernas para permitirte acercarte más. Apoyo las manos en la cara interna de los muslos para hacerte saber que no voy a tocarme y que tienes que proseguir en mi lugar. Subo lentamente las manos por mis caderas y las pongo encima de la mesa, dejándote libertad para escoger y permiso para tomar el control.

17.00 de Carl@hotferyou.com

Apartas las manos y comprendo lo que implica esa rendición. No abusaré. Te permito no ser descubierta por nadie más que yo. Te paso las manos por los muslos, notando cada poro, aprendiendo todo lo que puedo de ti. Te ofrezco mi boca, se la ofrezco a tus labios, a esos que tienes bajo la mesa, y los beso, y te los chupo despacio como se besa a una nueva amante y, al final, te apoyo la lengua en el clítoris y te meto un dedo dentro, urgiéndote al placer. Sé que tu orgasmo se deberá a mis juegos preliminares. Es un viaje peligroso para mí, porque ya no puedo seguir ignorando mi necesidad. Sólo tengo un modo de alcanzar el placer sin traicionarte y revelar nuestra cita secreta. Me acaricio y retengo la eyaculación hasta que pueda compartir el orgasmo contigo.

Y te corres. Oigo que ahogas un ruido, como cuando uno ahoga una risa. De momento estamos a salvo. Pero tiemblas y el orgasmo te recorre como un tsunami y yo no logro contenerme. Me levanto y te penetro sin importarme quién esté mirando. Tengo que notar tu orgasmo del modo más íntimo que pueda, desde dentro de ti y a través de mi propia tremenda necesidad. La meto, la saco con determinación, calculando tu momento, posponiendo el mío hasta que hayas terminado. Y luego me retiro y te muestro «en los más duros términos» el efecto que me causas. Miras mi erección y luego me miras a la cara. Muy bajito articulo: «Mira.»

Te veo comerme con los ojos... Ni siquiera tengo que tocarme... Tiemblo y empiezo a correrme. Ahuecas las manos debajo de mi polla para atrapar el semen en su pura blancura y, cuando termino, miro alrededor. Estamos solos y no tengo ni idea de cuánto hace que se han marchado todos y tú me has estado manteniendo en un éxtasis persistente y doloroso. No puedo evitar reírme y hacer lo que realmente quería hacer cuando me he metido debajo de la mesa.

Te beso.

No os preocupéis por mí

Landon Dixon

Todo empezó en el instituto, cuando trabajaba como ayudante del conserje, y pillé una escena de sexo desatado de mi profesora de francés con el entrenador de fútbol. Se lo estaban pasando de lo lindo en la clase: ella tendida boca arriba en la mesa de la tarima, él de pie y follándosela agarrado a sus piernas. No se dieron cuenta de que los estaba mirando, con los ojos como platos, por una rendija de la puerta de la clase. Estaba fascinado por lo que veía, y por cómo me sentía al verlo y, ni falta hace decirlo, tuve que limpiar mi propio estropicio cuando los dos profesores locos por el sexo acabaron su lección de esa noche. Desde entonces, el voyeurismo ha sido mi obsesión.

El apartamento en el que vivo está en el quinto piso de un edificio desde donde tengo una vista amplia de los apartamentos de enfrente y de los situados un piso más arriba y uno más abajo. Dispongo de unos prismáticos y de un telescopio, por supuesto, y he encargado unas gafas de visión nocturna. Tengo dos trabajos: como limpiacristales durante el corto y suave invierno y, durante el largo y cálido verano, hago de socorrista en un hotel para recién casados. Mis aficiones son la astronomía y observar los pájaros, y soy un fiel admirador de casi cualquier deporte espectáculo, para que os hagáis una idea. No me malinterpretéis. Me gusta todo eso tanto como a cualquiera, pero, francamente, quiero ver un poco más, porque nunca sabes lo que vas a ver cuando las secreciones empiezan a manar.

Por ejemplo, poco después de mudarme a este apartamento, calibraba yo mis binoculares en el edificio contiguo un viernes por la noche, tarde, cuando localicé una escena que prometía: dos chicos y una chica en un sofá haciendo un trío. Uno de los trucos para practicar el voyeurismo con éxito es, en lugar de ir de acá para allá sin rumbo, dar con una situación con posibilidades y detenerse a observar con paciencia su desarrollo.

Mi instinto, afinado por años de mirón (aparte de que la chica se estaba morreando con uno de los chicos), me indicó que había dado con algo digno de ser observado.

Así que coloqué los binoculares en el trípode y los enfoqué en la escena hombre-mujer-hombre que se estaba desarrollando. Luego me quité rápidamente lo único que llevaba encima, unos pantalones cortos, y empecé a acariciarme la siempre dispuesta polla. ¡Y quién me lo iba a decir!, mientras estaba sentado delante de la ventana, con los ojos pegados a los practicantes de sexo y sacudiéndomela con la facilidad que da la práctica, la chica sacó la lengua de la boca de su compañero, se levantó del sofá y empezó un torpe *striptease* para nosotros, los tres calentorros. No paraba de dar traspiés, derribó una lámpara y unas cuantas botellas, pero de algún modo se las arregló para sacarse el ajustado top morado y los tejanos desteñidos.

No llevaba ropa interior, así que las grandes tetas le colgaban sueltas y naturales. Iba completamente afeitada a excepción de un triángulo invertido de vello justo encima de la vulva. Era rubia natural y tenía la piel bronceada, de un moreno dorado. Me la sacudí con más energía mientras observaba con los prismáticos cómo la desinhibida jovencita se balanceaba al son de una música que seguramente sólo ella oía, se sostenía los pechos y se tiraba de los pezones color chocolate. Luego hizo señas con el dedo a sus dos compañeros para que se acercaran. Saltaron del sofá, se despojaron de la ropa como si estuviera en llamas y se le aferraron a las tetas. Ella inclinó hacia atrás la cabeza y abrió la boca. La melena dorada le caía sobre la espalda mientras los hombres le chupaban hambrientos los pechos. Tenían cada uno firmemente agarrada una teta de la rubia y se la estrujaban y le chupaban el pezón duro.

Por fin había dado con una veta de sexo después de cinco noches de búsqueda infructuosa. Me agarré con fuerza la polla y me la sacudí de lo lindo mientras era testigo a distancia del polvo a tres bandas. El sudor me perlaba la frente y se me metía en los ojos, pero pestañeé para sacármelo, sin apartarlos ni un instante de la escena que se desarrollaba en mi campo de visión de cuarenta aumentos. El *voyeur* experimentado sabe que una observación concentrada es indispensable si quiere sacar todo el partido a las interminables horas de búsqueda.

Cuando le hubieron lamido y chupado y sobado las tetas un buen rato, la rubia cachonda se arrodilló y cogió una polla en cada mano. Las acarició, mirándolas alternativa y apreciativamente y mirando luego a sus chicos. Esbozó una sonrisa traviesa y cómplice y se metió una en la boca, la chupó un momento, luego se metió la otra parcialmente. Movía la bonita cabeza adelante y atrás entre las dos pollas, chupándolas por turno con la habilidad de una experta y acariciando la una, húmeda de saliva, mientras aspiraba la otra con la boca. Casi me corrí cuando se metió ambas a la vez. Pero, una vez más lo digo, un *voyeur* veterano no esparce su semilla hasta que ha visto todo lo que hay que ver.

Los dos chicos se sostenían el uno al otro por los hombros mientras la bronceada nena se tragaba la polla del uno y del otro con la boca abierta al máximo y se la chupaba. Las mejillas y las aletas de la nariz se le inflaban y desinflaban mientras bombeaba ambos penes a la vez, hasta que al final se los sacó y se puso de pie. Empujó a uno de los chicos para tenderlo en el sofá, se le subió encima y se metió el pene en la vagina. Mientras él empezaba enseguida a bombear, ella alargó las manos y se separó las nalgas, invitando al segundo tío a metérsela por el culo.

—¡Madre mía! —murmuré, rompiendo brevemente el código de silencio del *voyeur*.

El tipo que estaba de pie se lubricó con saliva a conciencia y untó también el agujero de la chica. Luego se colocó en posición y le metió la ardiente polla en el apretado trasero. A partir de ahí, la escena, ya subida de tono, se volvió tórrida y me la casqué y me pellizqué los pezones con imprudente desenfreno mientras le daban a la rubia por delante y por detrás. Sabía que aquel panorama no podía durar mucho y, efectivamente, el que estaba tendido debajo metiéndola y sacándola, de repente abrió la boca y dejó escapar un gruñido que casi pude oír, y sentir, y se corrió.

Se estremeció agarrado a la estrecha cintura de la calentorra y descargó muy dentro de ella. El que se la trabajaba por la puerta trasera también se dejó llevar. Se la follaba frenéticamente hasta que se vio sacudido repetidamente por el orgasmo. La maravillosa chica, por su parte, que era la causa de todo lo sucedido, con los agujeros del amor llenos a rebosar de caliente y pegajoso semen, tampoco pudo más, y su cuerpo reluciente se estremeció incontrolablemente mientras llegaba con sus hombres. Yo esparcí esperma por todo el parqué al tiempo que me comía con los ojos al trío. Los tipos enchufados al carnoso coño y al culo se corrieron a lo grande, como lo hizo también la enchufada, y como hice yo. Y de eso se trataba, después de todo: de la satisfacción mutua.

En otra ocasión, cuando trabajaba en verano en el lago, pasé entre dos recién casados que disfrutaban al aire libre. Había aceptado el trabajo en el hotel del parque natural precisamente con ese propósito, desde luego. Nadie hay en el mundo que vaya tan caliente como unos recién casados en su luna de miel. Mi previsión se había visto largamente recompensada. Como bien sabe todo buen *voyeur*, el potencial incremento de situaciones relacionadas con el sexo aumenta tus posibilidades de observación.

Aquella vez había salido a dar un paseo por los bosques que rodeaban el hotel y las cabañas adyacentes. La mayoría de las cortinas de las cabañas estaban corridas, así que seguí una de las rutas de senderismo que llevaban al pequeño lago y a la playa solitaria. Había caminado unos ochocientos metros o así, con sigilo, como siempre, cuando oí los débiles pero inconfundibles gemidos y suspiros de una pareja de jóvenes follando.

Dejé el sendero marcado con astillas de cedro y caminé entre los pinos y los abedules hasta un claro diminuto del espeso bosque. En el centro de aquel claro de hierba, sobre una toalla playera que no había llegado a la playa, unos amorosos recién casados practicaban un sesenta y nueve. Tragué saliva, excitado, y me oculté entre la maleza. Me quité rápidamente los pantalones cortos y me agarré la polla. La sensación del aire fresco y con aroma de pinos era agradable en el pene duro y el bombeo de mi puño todavía mejor.

—¡Sí, Dios, sí! ¡Cómeme, Gavin! —gritaba la novia veinteañera, tendida boca arriba, mientras su entusiasta e incansable marido le lamía el coño. Se retorcía en la toalla como una posesa, con la melena larga y morena azotándole la cara enrojecida. Luego agarró la polla rígida de su novio y la guio hacia su boca, ansiosa por complacer.

—¡Joder, sí, Jan! —gritó el cándido muchacho, levantando la cara de la vulva de su esposa cuando ella le pasó la lengua rosada alrededor y por encima del glande.

Aquello era lo más desenfrenado del reino del desenfreno, me dije, escupiéndome en la mano y lubricándome la verga. Los rayos de sol caliente atravesaban el dosel verde, permitiéndome ver a la perfección a los amantes obsesionados por el sexo oral.

—Chúpamela, Jan —gemía Gavin con los ojos cerrados—. Chúpame la polla, nena.

Jan humedeció a conciencia la punta de la polla tiesa de su marido, y luego se la deslizó en la boca cálida y acuosa. Gavin subía y bajaba las caderas, desesperado por llenar la boca de su mujer por entero, hasta la base del pene, y volvió a trabajar en el coño de Jan.

Eché un vistazo furtivo alrededor para asegurarme de que era el único animal del bosque que miraba aquella cópula tremendamente erótica y luego volví a clavar los ojos en los jóvenes amantes. Gavin agarró a Jan por los muslos y enterró la lengua en su vulva, follándosela con su resbaladizo arpón rosado. Ella dejó escapar una queja ahogada que recorrió el cuerpo tembloroso del joven, luego se puso a chupársela todavía con más fuerza.

Yo me sacudía la verga tiesa con una mano mientras con la otra hacía malabarismos con mis pelotas, sin dejar de observar maravillado las travesuras orales que tenían lugar sólo a unos metros de mí en aquel patio de recreo al aire libre. No tardé en notar la indicadora tensión en los huevos que señalaba el inminente lanzamiento. Pero antes incluso de que pudiera duchar el follaje de proteínas, Gavin estrujó el clítoris hinchado de Jan entre los dedos y se lo chupó con fuerza. La chica no pudo más y se convulsionó presa del orgasmo.

Mi pene entró en erupción y rocié el verdor circundante de semen mientras el cuerpo esbelto de Jan temblaba de éxtasis. Su compañero del alma le chupaba el clítoris como un poseso y ella se retorcía debajo de él y le cubría los labios y la barbilla con su miel. Luego él también gimió y diría que estaba llenándole de semen la amada garganta... una impresión que se confirmó cuando el esperma pegajoso rezumó por las comisuras de la boca llena de Jan.

Tuve un orgasmo prolongado e intenso. El viento susurraba entre los altos árboles y el sol caía sobre los satisfechos recién casados, marcando mi territorio a la manera muda del *voyeur*. Permanecí allí mientras la sensual pareja yacía abrazada, los dos desnudos y brillantes de sudor. Vi recompensada mi paciencia cuando Jan se dejó caer sobre la polla de Gavin, que volvía a estar como una estaca, y los dos iniciaron su camino, y el mío, hacia un nuevo orgasmo espectacular.

Mi trabajo de limpiaventanas también me proporciona escenas dignas de un *voyeur*, sobre todo cuando limpio los cristales de un edificio de apartamentos o de un hotel. Sin embargo, cuando quito la mugre de un edificio de oficinas en un ajetreado día laboral, suele haber poco que ver, aparte de alguna mujer que se coloca el sujetador o, quizá, si tengo suerte, se cambia en la oficina para hacer deporte o para salir de noche. Así que, lo que suelo hacer es volver a un edificio de oficinas ya de noche, mucho después de finalizada la jornada laboral, y dejarme caer en la cornisa de la fachada lateral del edificio en busca de alguna actividad claramente poco profesional.

Una noche, desde la barquilla para limpiar la fachada de la sede de cincuenta pisos de una empresa, espiaba con mi fino ojo a una pareja de mujeres que hablaban en una gran sala de reuniones por lo demás vacía... era una pareja muy atractiva. La mayor de las dos, de unos cuarenta años, llevaba gafas y la melena lustrosa y castaña recogida en una cola de caballo. Vestía muy formal, con blusa blanca y falda negra. La otra parecía tener poco más de veinte años. Era una pelirroja bajita de pelo corto, embutida en un vestido verde ajustado. Mientras yo miraba por la ventana iluminada de la sala de reuniones la mesa reluciente y a las mujeres en animada conversación, a punto estuve de aplaudir cuando la madura estrechó de repente a la pelirroja en un abrazo y la besó en los labios, acabando así con su charla.

La pelirroja estaba atónita, no sabía cómo responder a aquello, pero luego hizo lo correcto y abrazó a la otra y le devolvió el beso. Mi erección casi golpeó la ventana, y di gracias a los fríos y estrellados cielos por mi buena suerte al encontrar aquella imagen tan tórrida después de haber estado buscando sólo tres horas. Miré sin perder detalle la incipiente relación de no-negocios que florecía en desatada lujuria.

La morena se quitó las gafas, tomó la cabeza de la joven entre las manos y le comió la boca a besos, con ferocidad. Le pasó la lengua por los labios brillantes y luego se la metió en la boca. Las dos ejecutivas se morrearon emocionadas mientras yo me la sacaba, tambaleándome peligrosamente en la plataforma de madera.

La morenita interrumpió el boca a boca lo suficiente para recorrer arriba y abajo el esbelto cuello de la pelirroja, con la lengua húmeda, a besos, lametazos y mordisquitos. Luego volvió a centrarse en sus labios. La otra respondió rasgándole la blusa a su recién encontrada amante y esparciendo botones a diestro y siniestro. Luego le quitó el sujetador a la morena y le dejó las enormes tetas sueltas para ambos, que se las miramos asombrados.

La dama de torso desnudo tenía un par de pechos espléndidos, grandes y redondos, coronados por pezones rosados que sobresalían invitando a ser chupados. La pelirroja, loca de lujuria, no perdió tiempo y se abalanzó sobre aquellas tetas exquisitas: le estimuló los pezones hinchados con la lengua, metiéndoselos en la boca y chupándoselos alternativamente. La beneficiaria del tratamiento tenía la boca abierta y la cabeza inclinada hacia atrás mientras le mordían levemente y le chupaban a conciencia los pezones erguidos y le amasaban y lamían las tetas. No sé cómo se las apañó para desabrocharse la falda pero luego, aunque reacia, apartó a su ardiente amante y la ayudó a deshacerse del vestido, las bragas y el sujetador, hasta que las dos profesionales estuvieron desnudas y lascivas. Los sinuosos cuerpos brillaban a la luz de los fluorescentes.

Mi aliento empañaba el cristal mientras apoyaba la cara en él y me la sacudía con furia. Las dos tías se subieron a la mesa de reuniones, apartando botellas de agua y documentos de trabajo para despejar un espacio para ellas en aquel pedazo de madera barnizada. Se morrearon y se besaron un rato más. La pelirroja estaba boca arriba, la morena encima de ella, las tetas de la una apoyadas en las de la otra. Entonces la mayor se colocó de manera que su vulva quedara sobre el felpudo de su compañera.

Miré y me la sacudí mientras las dos bellezas juntaban sus brillantes vaginas. La pelirroja agarró a la morena por las tetas y se las acariciaba y se las amasaba, mientras la otra se la follaba desesperadamente con el coño. Y, esta vez, estaba tan inmerso en el espectáculo que ni siquiera intenté sincronizar mi orgasmo con el de aquellas a las que miraba. El aire fresco nocturno en mi polla más que caliente, mi precaria posición, balanceándome en un rascacielos del centro, y la visión triple «X» de aquellas zorras frotándose el coño... todo conspiraba para llevarme al punto de lanzamiento más rápido de lo normal. Mojé el cristal tintado de esperma sin despegar los ojos de las lesbianas.

El cuerpo curvilíneo de la morena se estremeció de pronto con los temblores del orgasmo cuando la húmeda fricción la llevó al punto de ebullición y más allá. La pelirroja abrió la boca en un grito silencioso mientras el éxtasis las consumía a ambas. Estuve corriéndome tanto tiempo como pude, luego me abroché la cremallera y subí de vuelta al tejado, dejando una muestra de agradecimiento en la fachada lateral de aquel edificio de oficinas aparentemente aburrido.

Comprende que no te cuente todas mis alegrías como *voyeur*, pero cuando estoy de verdad con una mujer, me aseguro de que no quede nada en sombras, de que las cortinas estén descorridas y las luces encendidas, por si hay otro como yo acechando fuera. Al fin y al cabo, de vez en cuando tiene uno que devolver algo a la comunidad.

Mi vuelo preferido

N. Vasco

Yo solía detestar los aviones. Una comida malísima, la presión en los oídos, las largas esperas en la terminal... y desde el once de septiembre las cosas no han hecho sino empeorar. Digo que solía detestarlos por lo que me ocurrió en un viaje de negocios hace dos semanas.

Estaba en el aeropuerto esperando un tranvía que me llevara a mi puerta de embarque. Era medianoche, llevaba sin bañarme más de doce horas y la boca me sabía a muerto.

De repente percibí el aroma de un perfume de mujer y vi una magnífica y exótica belleza que entraba en el andén. La falda hasta las rodillas le sentaba muy bien y se le pegaba a un trasero hermosamente curvilíneo, dejando al descubierto sus pantorrillas torneadas. Los zapatos de tacón negros le realzaban los elegantes pies, no demasiado altos pero lo suficiente para que se me empinara en los pantalones. Los bultos de sus pechos llenaban la chaqueta corta de un modo muy bonito. Incluso el mono gorrito azul que llevaba sobre la melena negra y lustrosa resultaba sensual. La placa negra con su nombre en la solapa indicaba que se llamaba Tia. La miré tanto rato que me miró también.

Iba maquillada de un modo que me recordó el estilo de las reinas egipcias, en armonía con sus ojos almendrados y sus mejillas altas. Me dedicó una sonrisa deslumbrante. La dentadura, blanquísima, contrastaba fuertemente con sus labios rojos. Iba a acercarme a entablar conversación cuando me acordé de mi aliento de tigre. Parecía que ella esperaba que me presentara, pero me limité a hacerle un gesto con la cabeza y me fui al baño de caballeros. Por suerte estaba en mi lado del andén. Me lavé los dientes rápidamente (tienes que ir preparado durante los viajes de negocios), salí de nuevo y vi que el tranvía había llegado. Era uno de esos con las paredes de cristal en los que tienes que ir de pie. Había supuesto que estaría dentro, esperándome. Desgraciadamente, no estaba. Estaba vacío.

Ya supondrás cuántas oportunidades se habrán perdido por falta de caramelos de menta para el mal aliento.

Suspiré, noté que se me encogía en los pantalones y subí. Para colmo de males, el tranvía iba en dirección contraria a la que yo quería ir. Tuve que retroceder tres paradas hasta el otro extremo del aeropuerto antes de poder volver al lugar en el que me encontraba al principio.

Leía el periódico cuando volví a percibir aquel perfume y a oír el taconeo. Levanté los ojos. Tia llegaba, pero no iba sola. Otra belleza exótica con el mismo uniforme entró tras ella. Me regalé la vista con el contoneo de aquel par de caderas y aquellos culos redondos que iban hacia la parte delantera del tranvía.

La otra chica era más blanca y de ojos sesgados, pero tan sensual como Tia. Les echaba breves ojeadas mientras hablaban. Pillé una sonrisa amistosa de Tia y unas cuantas risitas de Faun (me enteré del nombre de la otra gracias a la placa de su solapa). No pude evitar darme cuenta de lo cerca que estaban la una de la otra mientras hablaban y de cómo Faun acariciaba el brazo de Tia de un modo muy tierno. Imaginar a aquellas dos monadas en una relación más íntima volvió a excitarme y, cuando Tia me pilló mirándome me dedicó una sonrisa juguetona antes de inclinarse más hacia Faun. De vez en cuando le acariciaba la cintura mientras conversaban.

Ni que decir tiene, la imaginación se me desbocó. Casi esperaba que empezaran a besarse, pero me llevé una decepción cuando el tranvía paró en la terminal y acabó el espectáculo del que estaba disfrutando.

Mientras hacía cola con los demás pasajeros, me fijé en que las dos monadas iban hacia la entrada para la tripulación. Sobre todo miré a Tia. Me encantaba su manera de caminar con aquellos finos tacones. El corazón me dio un vuelco cuando me miró brevemente y entró.

Me subí al avión y Faun estaba allí. Con su deslumbrante sonrisa examinó mi tarjeta de embarque y frunció el entrecejo.

—Lo siento. Ha pedido usted un asiento de no fumadores pero la única zona está atrás, en clase turista.

Por su mirada coqueta deduje que se estaba cociendo algo. Miró por encima de mi hombro.

—Tia, ¿puedes ayudarme?

Otra vez el perfume. Me di la vuelta y miré a Tia directamente a los ojos, negros y sensuales. Cogió la tarjeta de embarque que tenía Faun y sin mirarla me dijo:

—Mi compañera tiene razón, éste es un vuelo para fumadores. La sección para no fumadores está al fondo. ¿Le importa sentarse solo allí detrás?

Tia se dio la vuelta y caminó por el pasillo, ofreciéndome el panorama de su contoneo de caderas. La seguí camino de la cola, pasando filas de asientos ocupados de manera aleatoria, admirando mientras tanto la marca de lo que sabía que era un tanga bajo la falda azul ajustada. Se paró, se dio la vuelta y me indicó con elegancia mi asiento.

Estábamos solos en clase turista.

—¿Le importa si me siento a su lado?

—No. ¡Qué va!

Tuve que pasar pegado a ella para llegar a mi asiento, una experiencia que me resultó bastante agradable. Hubiera jurado que noté sus pezones recorrerme el pecho a través de la ropa.

—Puede poner su equipaje aquí arriba. —Me indicó el compartimento de encima del asiento y lo abrió. La falda se le subió y dejó al descubierto las ligas de encaje negro que le ceñían los muslos.

Ella notó que me regalaba la vista mirándole las piernas torneadas y sonrió.

—Siempre me han gustado más las medias que los pantis —me dijo, colocándose la falda—. Me siento más... libre con ellas.

La voz del comandante por los altavoces interrumpió nuestro mutuo entretenimiento.

Tia suspiró y prometió volver cuando el avión hubiese despegado.

No oí pitidos ni sentí la presión en los oídos durante el despegue. Estaba demasiado ocupado intentando adivinar de qué color era el tanga que llevaba debajo de la falda.

En cuanto se apagó el indicador de mantener abrochados los cinturones de seguridad saqué mi portátil, lo encendí y me puse a trabajar. Estaba tan inmerso en la tarea que no oí el sonido del carrito por el pasillo ni noté que nadie estuviera de pie a mi lado hasta que escuché una vocecilla femenina.

Era Faun, que se había puesto más cómoda, con el carrito de las bebidas. Se había quitado la chaqueta y lucía la bonita camisa de la compañía aérea.

Me sonrió y me ofreció una copa. Acepté.

—¿No se encuentra demasiado solo aquí detrás? —me preguntó, mirando la sección vacía.

Antes de que pudiera responderle se desabrochó los dos botones superiores de la camisa y se abanicó.

—Aquí detrás hay un pequeño problema con el aire acondicionado. Normalmente hace calor.

Nervioso, tomé un sorbo de mi copa mientras ella se subía ligeramente la falda y se arreglaba las ligas de encaje negro que contrastaban de un modo precioso con sus muslos suaves y blancos.

—Me las compré ayer. ¿Las encuentra bonitas?

—Sí, lo son. De hecho, no he podido evitar darme cuenta de que Tia lleva unas iguales.

Se irguió, se estiró la falda, asió el carrito para marcharse y me miró directamente a los ojos.

—Tiene razón. Tia y yo compartimos un montón de cosas. Es lo que hacen las amigas, ¿no le parece? —Me dedicó

una mirada de despedida y, antes de marcharse, me dijo—:
Tia vendrá luego con la cena. Espero que la disfrute.

Me pareció que había pasado una especie de examen.

Más tarde, el inconfundible aroma me acarició el olfato. Tia se presentó con el carrito de la cena y de inmediato me di cuenta de que no llevaba sujetador. Admiré los pezones grandes y oscuros que se le marcaban en la tela blanca.

Se desabrochó dos botones de la blusa y dijo:

—Espero que no le importe, pero a veces hace un calor espantoso en estos vuelos.

—Eso he oído.

Me dedicó una sonrisa tentadora y me puso una ración de sushi de aspecto decente en la bandeja. Para entonces el aroma de su perfume me había envuelto en un halo de erotismo. La miré a los ojos mientras me servía un par de barras de chocolate, una tetera y un pequeño bol.

—Es una ración generosa —dije—. ¿Le gustaría que la compartiéramos?

Sin decir pío, se sentó y cruzó las hermosas piernas de un modo muy seductor, enseñándome otra vez las ligas de encaje.

Me apartó la mano cuando iba a coger la tetera y sacudió la cabeza juguetona mientras servía la infusión caliente en el bol.

Levanté el recipiente, la miré y le dije:

—Una chica anticuada con tacones altos, ¿qué puede haber mejor?

Los dos reímos. Agitado por la risa se me escapó el bol de las manos y se me mojó el pecho de té. Inmediatamente, antes de que pudiera siquiera jadear, Tia sacó un paño limpio y se puso a secarme. Cualquier amago de dolor desapareció al instante. Se inclinó acercándose lo suficiente para apoyarme los pezones en el brazo. Le dije que estaba bien pero insistió y me desabrochó la camisa.

—Tengo que ver si hay quemaduras —me dijo, y antes de que me diera cuenta me había dejado el pecho al descubierto con manos hábiles. Me pasó los elegantes dedos por la piel desnuda y luego me presionó el pecho con la palma, se inclinó más y me comentó lo rápido que me latía el corazón.

Así era. Le di a Tia un leve beso en los labios y le dije que ella era la razón. Sonrió, me cogió las manos y se las puso entre los pechos. Noté que el corazón le latía tan rápido como a mí. Me besó, esta vez abriendo los labios y saboreándome con la lengua.

Tenía un aliento de miel. Jadeó cuando llevé la otra mano más allá de las medias hasta alcanzar la piel desnuda de su muslo. Respondió arañándome con suavidad los pezones con sus bellas uñas rojas. Tomé sus pechos. Los pezones se endurecieron en mis palmas. Se irguió, se bajó la cremallera de la falda y se dio la vuelta, enseñándome un diminuto tanga negro que separaba sus nalgas seductoras. Después de quitarse la blusa se acarició los pechos bronceados y aquellos pezones encantadoramente oscuros. Murmuró de placer, me miró pensativa, echó atrás su asiento, me dio la espalda y se agachó. Tuve una visión gloriosa y completa de su precioso culo. Era más de lo que podía querer. Me puse de pie detrás de ella, coloqué una palma en cada nalga y le introduje un dedo en la húmeda y apetitosa vagina. Jadeó encantada cuando me arrodillé, le aparté el tanga y me puse a disfrutar de sus entrañas. Sus gemidos aumentaron de volumen mientras le lamía y le chupaba los labios y el clítoris. Encontré con la lengua la entrada de su vagina. Se la hundí profundamente y la oí asentir repetidamente. No tardé en tener la cara llena de dulce flujo. Me mojé el índice y sondeé su pequeño ano prieto sin dejar de lamerle el coño.

Al cabo de un minuto arqueó la espalda y se estremeció por última vez. Yo tenía la cara y la boca llenas de flujo. Me levanté, me bajé la cremallera de los pantalones y me saqué el pene tieso. Miró hacia atrás lo que tenía en las manos, lo agarró y se lo metió.

Las paredes apretadas de su vagina lo rodearon mientras la penetraba. Volvió a jadear, movió atrás y adelante las caderas cuando empecé a follármela. Me incliné hacia atrás y le metí el dedo en el culo otra vez.

Eso era. El estrecho espacio disminuyó todavía más. Me puse a gemir, a punto de correrme. Tia me miró y me dijo:

—Por favor... ¡Quiero que te corras en mi boca!

Asentí apenas, saqué el pene mientras ella se daba la vuelta y se lo metía en la boca hasta el fondo. Era mi turno de disparar. Me la chupó hasta que me hube corrido del todo. Descargué en su boca. Me derrumbé en el asiento de al lado.

Pero ella todavía no había terminado conmigo. Envolviéndome con las piernas, con las sedosas medias negras de nailon susurrándome en las caderas, me dijo:

—Ha sido estupendo. Nunca me habían estimulado el ano de esa forma. ¿Te gustaría ir a mi casa después de aterrizar para practicar sexo anal?

—Claro —dije.

Se puso a jugar con mis pezones y, viendo su carita pensativa, me pregunté qué estaría tramando.

—Faun nunca ha practicado sexo anal, tampoco. A lo mejor podríamos hacer un trío.

Como he dicho, solía detestar viajar en avión.

Una pausa para el café

TeresA Joseph

De rodillas como una perrita obediente en el probador de Gilbert & Sons Quality Men's Wear, la sensual dependienta chupaba y resoplaba a más no poder, con la polla del cliente hundida hasta la base en la garganta, desesperada por tragarse su semen. Había vendido más de una docena de trajes de la tienda gracias a su excelente servicio al cliente, así que el hombre estaba más que dispuesto a darle exactamente lo que quería.

Después de más de veinte años de beneficios menguantes y caída de ventas, el gerente de Gilbert & Sons había dado con la técnica de ventas perfecta, una que le permitiría por fin competir con los precios de rebaja y le valdría su largo tiempo codiciado ascenso. Así que contrató, más por su aspecto que por su talento, a una docena de sensuales jóvenes graduadas universitarias, se ocupó personalmente de su formación para reunir el equipo de ventas perfecto y tuvo más éxito del que hubiera podido soñar.

Al principio, claro, había usado un sistema de bonificaciones: daba a las chicas cien libras por cada traje vendido. Pero, por encima de todo, impuso la política del «todo vale» para dejar claro que no importaba lo que las chicas hicieran siempre y cuando vendieran un traje. Mientras que para las chicas era un incentivo más que suficiente llevar la falda corta y flirtear con los clientes, sin embargo, él velaba mucho por los intereses de la empresa y estaba seguro de que podían hacer más.

Como sucede con todas las buenas ideas, por supuesto, la respuesta a su problema se le ocurrió de repente un día durante la pausa para el café, mientras tres de las chicas estaban cómodamente sentadas en la sala de personal del primer piso.

Aquél era el momento que esperaban todo el día: una ocasión para relajarse y descansar.

«Bueno, puesto que tanto desean este rato, a lo mejor consigo que lo deseen todavía más», se dijo, sonriendo como un sádico.

Por supuesto, en ocasiones así es importante tener un amigo sin escrúpulos que, además, resulta que es jefe de investigación de una gran compañía farmacéutica. Y como se daba el caso de que el señor Johnson tenía un amigo así, al día siguiente, cuando invitó al equipo de féminas a una taza de café «especial», aquélla fue la experiencia más maravillosa de sus cortas vidas.

—¡Por favor, señor Johnson! —le suplicaban vehementemente. Se habían convertido en adictas al café desde el primer sorbo y hubieran sido capaces de cualquier cosa para tomar otro—. ¡Por favor, prepárenos otra taza de café! ¡Haremos lo que usted quiera! ¡Absolutamente todo!

Por un instante se le pasó por la cabeza la idea de convertir a aquellas jóvenes y sensuales adictas a la cafeína en un harén propio. Pero sus cifras de ventas eran una prioridad para él, así que consiguió la imposible hazaña de mantener la polla en los pantalones mientras una docena de espléndidas chicas le suplicaban que las dejara satisfacer todos sus deseos de pervertido. El señor Johnson expuso su política de ventas seguro de que sus dependientas estarían de acuerdo.

—Lo que quiero que hagáis es vender trajes —afirmó categórico, pasándole suavemente la mano a Lydia por debajo de la falda tubo y sonriendo por lo húmeda y dispuesta que estaba.

Ni que decir tiene, el gerente estaba encantado con aquel inesperado giro de los acontecimientos, porque, aunque le habían prometido que aquel nuevo producto químico no sólo era absolutamente adictivo para las mujeres sino que estaba garantizado que las convertía en tórridas y sumisas esclavas sexuales, no había imaginado que fuera tan potente. A pesar de sus reservas, con un gesto de la mano indicó a las doce chicas que se pusieran de rodillas como muñecas obedientes antes de proseguir con su discurso.

—Puesto que vosotras queréis café y yo quiero que vendáis trajes, ¿por qué no modificamos el sistema de bonificación de modo que por cada traje vendido yo os dé una taza de café en vez de cien libras?

Las chicas manifestaron su acuerdo con tanta vehemencia que casi parecía que fueran a reventar. Después de todo, ¿qué eran cien miserables libras en comparación con otro delicioso sorbo adictivo? Así que se levantaron más motivadas que nunca para vender todo lo posible, pidieron permiso al señor Johnson para marcharse y esperaron pacientes su respuesta.

—Manos a la obra, chicas —les dijo en un tono de voz especialmente paternal—. Y recordad que da igual lo que hagáis siempre y cuando logréis una venta.

Por supuesto, una de las razones por las que el señor Johnson había insistido en que la sustancia indujera a la obediencia sexual a su equipo al mismo tiempo que creaba adicción era que, mientras que una docena de juguetes sexuales capaces de follar para hacer una venta redundaría en trajes vendidos a espuertas, con una docena de adictas violentas capaces de matarse entre sí para vender habría acabado enseguida con los huesos en la cárcel.

A pesar de lo que le había asegurado su amigo, sin embargo, el señor Johnson todavía temía que cuando un cliente entrara por la puerta todas las chicas estuvieran tan desesperadas por obtener su bonificación que se pegaran por el derecho a realizar la venta. No obstante, cuando por fin un hombre entró en la tienda y le preguntó a Jennifer si podía ayudarlo a elegir un esmoquin, las otras chicas, aunque se les partía el corazón, no dijeron ni pío.

—Éste lo favorecerá muchísimo —dijo Jennifer, incapaz de decidir qué deseaba más, si otra taza de delicioso café o que aquel hombre se la follara hasta morir de placer.

—¿Está segura? —le preguntó él pensativo—. Es muy bonito, de acuerdo, pero vale setecientas libras.

—No se preocupe por eso —ronroneó Jennifer, abrazándolo y dándole un largo beso lujurioso en los labios—. ¿Por qué no le ayudo a probárselo y me aseguro de que decide que vale lo que cuesta?

El lenguaje corporal de Jennifer, muy poco sutil, enseguida le dejó claro al hombre lo que le cabía esperar si decidía probarse el esmoquin. Así que siguió a la dependienta hasta los probadores y gruñó de placer cuando ella se arrodilló para chuparle la polla. No tardó demasiado en decidir que aquella chica bien valía dos trajes a aquel precio.

Cuando se hubo tragado su caliente y pegajoso semen, la dependienta se desnudó por completo, pero sin quitarse los zapatos de tacón, mientras el cliente se probaba el esmoquin, desesperada por mostrarle sus firmes curvas bronceadas y que se la follara hasta perder el sentido, y por saborear otra dosis de la mezcla especial del señor Johnson.

—Si lleva un traje así, las señoras le suplicarán que se la meta por el culo —dijo profética, «adoptando la posición» apoyada en la pared del probador y separando las piernas tanto como pudo—. ¡Por favor, métemela por el culo! ¡Fóllame a lo bestia, por favor!

Más cachondo de lo que podía imaginar a la vista del espléndido cuerpo entregado de la chica, y tras una mamada tan satisfactoria, introdujo con esfuerzo la enorme polla entre las nalgas de aquel culo de melocotón y se la metió tan hasta el fondo que toda la tienda oyó su gemido.

Al cabo de cinco minutos de profunda y esforzada penetración, después de haberse corrido por segunda vez en las entrañas de Jennifer, tan al fondo que la chica notaba su calor en la tripa, el cliente anunció feliz que se compraba el esmoquin.

¡Estaba tan encantada que ni siquiera se vistió! Se precipitó hacia la caja tan rápido como se lo permitió su bien follado culo, aceptó las setecientas libras, metió el traje en una bolsa, le deseó un buen día al cliente y corrió escaleras arriba para disfrutar de su segunda pausa para el café antes siquiera de que el tipo hubiera salido de la tienda.

—¿Tiene que irse enseguida? —le preguntó Angela al cliente antes de que tuviera ocasión de marcharse, desesperada por realizar ella también una venta e insegura de poder esperar a que llegara otro cliente—. A lo mejor puedo enseñarle otros trajes que le quedarían a la perfección.

Al principio, por supuesto, el hombre no estaba seguro de si aceptar su ofrecimiento o marcharse educadamente. Después de todo, era más de lo que la polla de un hombre, y los testículos, pueden soportar en un solo día. Pero cuando la voluptuosa muchacha, que se parecía a Jessica Rabbit, se desabrochó despacio la blusa de algodón blanco, le abrazó sensual y le dio un largo y apasionado beso, decidió de inmediato que aquél era el día apropiado para invertir en renovar su vestuario de marca.

En el piso de arriba, entretanto, desnuda y de rodillas en el suelo como una perrita obediente, Jennifer se relamía mientras el señor Johnson esperaba que hirviera el agua. Se le hacía la boca agua casi tanto como el coño cuando recordaba el sabor de su primer sorbo. Y cuando do el gerente vertió el agua hirviendo en la taza y la habitación se llenó de aquel delicioso aroma, Jennifer se desesperó tanto que empezó literalmente a suplicar por su café como una perra calentorra bien entrenada.

—Eres una buena chica, ¿verdad, querida? —la provocó el señor Johnson, incapaz de resistir la necesidad de sonreír mientras le tendía a la empleada la taza humeante y la miraba tomarse hasta la última gota e incluso lamer la taza vacía e inspirar por la nariz tan profundamente como podía para saborear el adictivo aroma—. Si vuelves al trabajo enseguida estoy seguro de que podré prepararte una o dos tazas más.

Mientras tanto, en la planta baja, desnuda desde hacía un buen rato, Angela gemía llevada por el éxtasis, haciendo todo lo posible para ganarse su segunda taza del día, mientras el cliente se la follaba allí mismo, en medio de la tienda.

—¡Fólleme con ganas, señor! ¡Fólleme a lo bestia! —suplicaba, casi dejándose llevar por el orgasmo cuando la polla la penetró.

Si el señor Johnson la hubiera recompensado en aquel mismo momento vertiéndole en la boca el café mientras aquel hombre tan bien dotado se la follaba, hubiera sido el momento más maravilloso de su vida.

Jennifer, que bajaba despacio las escaleras todavía con la sensación de tener aquel pene clavado hasta la base en el culo, desnuda como una *stripper* y saboreando sus dos experiencias adictivas más recientes, era la única otra mujer de la habitación que sabía lo satisfactoria que era verdaderamente la verga del cliente. Pero como no tenían a su alcance el placer de su miembro pulsante y el éxtasis del café que indudablemente les brindaría, las diez chicas restantes, cuando olieron el café en el aliento de Jennifer, no tardaron en enseñarle lo que puede satisfacer también un beso lésbico.

—¡Hueles tan bien! —gimió Lydia, lamiéndole con erotismo los labios y la gotita que le había caído entre los pechos—. ¿Todavía notas el sabor del café en la lengua?

—¡Oh, sí! —ronroneó Jennifer—. ¿Te gustaría compartirlo?

Al cabo de un instante las dos mujeres se estaban besando con tanta pasión que cualquiera que pasara en aquel momento se hubiera llevado una idea equivocada. Cuando hubo compartido todo lo posible con la sensual morenita, Jennifer besó con mucho gusto una por una a todas las demás.

Incluso Angela, que seguía tendida en el suelo abrazada con los brazos y las piernas al hombre que se la estaba follando cató otra vez lo que estaba por venir. Y aunque no fue lo mismo que tomarse el café mientras se la follaban, los labios con sabor a café de Jennifer llevaron enseguida a la pelirroja a un orgasmo tan intenso que el cliente no tuvo más remedio que correrse a continuación.

—¡Oh... gracias señor! —gimió gozosa—. ¿Se lleva el traje gris o el azul marino?

—Me parece de que me ha convencido para que me lleve los dos —dijo sonriente el cliente.

Aquel comentario hizo que Angela chillara tanto de alegría que nadie de la tienda pudo evitar sentir celos de su éxito.

¡Dos tazas de café y un polvo espectacular! Aquello era un sueño hecho realidad. Dejó que Lydia terminara la venta y corrió escaleras arriba para recibir su recompensa, con las tetas al aire y el semen goteándole todavía del coño. Se arrodilló como una buena perrita y esperó a que hirviera el agua.

Mientras, en el piso de abajo, Lydia hacía lo que podía para alcanzar a su compañera, menos comprarse un traje ella. El aroma de la deliciosa recompensa de Angela llegaba del piso de arriba y ponía a las chicas más ansiosas que nunca.

—A lo mejor querría usted comprar dos de cada —le sugirió al cliente, sentándose encima del mostrador y separando las piernas para que le viera la vulva depilada.

Y aunque el cliente sabía que su contable nunca se lo perdonaría, al segundo siguiente estaba de rodillas para chuparle el espléndido coño a la chica.

Afortunadamente, en cuanto le hubo comprado otro traje a Lydia, entró en la tienda otro candidato y le pidió ayuda a Fiona. Si bien se prometió que volvería en cuanto cobrara otra vez, su pobre y exhausto pene y su cartera vacía insistían en que se marchara mientras todavía estuviera a tiempo.

—¿Carga a la derecha o a la izquierda, señor? —le preguntó Fiona al nuevo mientras Lydia subía las escaleras. Le desabrochó la cremallera, se arrodilló y se metió el pene hasta el último centímetro en la garganta—. ¡Oh, sí! Estoy definitivamente segura de que encontraremos un traje que le quede a las mil maravillas.

Más tarde aquella noche, después de la hora de cierre y de haber puesto toda la carne en el asador para cada uno de los clientes, las doce empleadas limpiaron la tienda de cabo a rabo, hicieron caja y repusieron las existencias en un tiempo récord. Se marcharon a casa después de haber recibido como recompensa una taza más de la mezcla especial del señor Johnson, a esperar anhelantes que amaneciera el siguiente día de trabajo.

Demasiado enganchadas para dormir mucho rato, las doce chicas decidieron, cada una por su cuenta, centrar todos sus esfuerzos en ponerse lo más atractivas que pudieran para asegurarse las ventas. Así que con el sexo completamente afeitado, medias, liguero y una falda microscópica sin bragas de ningún tipo, cada chica se aseguró de que, cuando abriera la tienda, ningún hombre que pasara por delante del escaparate sería capaz de resistir la tentación de entrar.

Por supuesto, una tienda de ropa de caballero atendida por mujeres que parecen salidas de un club de bailes eróticos tiene sus inconvenientes, hecho que vino a demostrar la visita de un par de jóvenes agentes de policía que se habían acercado hasta allí para asegurarse de que no se cocía nada raro.

La cara de las dos agentes mientras revisaban los permisos dejó claro que estaban consternadas e indignadas por el modo en que aquellas chicas se exhibían en público. Pero una vez más, cuando el señor Johnson las hubo invitado a que subieran al piso de arriba y preparado una taza de café para cada una, su actitud con el personal cambió, de hecho se volvió muy positiva.

—¿Les gustaría que recomendáramos su tienda a todos nuestros colegas masculinos? —La agente, desnuda, estaba arrodillada como era debido y esperaba pacientemente su turno mientras su compañera le chupaba ávidamente la polla al gerente, ambas desesperadas por complacerlo y por tomarse una buena ración extra de semen.

—Sí, sería estupendo —gruñó el señor Johnson con satisfacción cercana al orgasmo—. Y si también pueden asegurarse de que nadie presente queja ni nos acuse, entonces seguro que les daré una taza de café a diario.

Ambas mujeres aceptaron la propuesta con entusiasmo, pasando por alto minucias como la corrupción siempre que pudieran complacer a su nuevo maestro. Cuando hubieron tragado tanto semen caliente y pegajoso que todavía notaban el sabor en los labios, las dos nuevas marionetas se vistieron y se subieron al coche patrulla, impacientes por volver al día siguiente.

No hay problema sin solución ni inconveniente insuperable. Habiéndose deshecho de la policía local tan fácilmente, y seguro de que Jennifer y el resto podrían persuadir a cualquier hombre recto para que cambiara de opinión, el señor Johnson estaba absolutamente seguro de poder afrontar cualquier problema que se presentara.

Unas horas más tarde tuvo ocasión de probar su teoría cuando entró en tromba por la puerta como alma que lleva el diablo la esposa de un cliente y pidió ver al gerente. En el tiempo que le llevó hervir el agua incluso aquel problema se resolvió. Y esa noche, mientras se follaba a su marido como un juguetito sexual, la dama le rogaba a su marido como sólo puede hacer una adicta a la cafeína sumisa.

—¡Por favor, Michael! —gimoteaba, clavándose las

uñas en las nalgas mientras el gigantesco pene se le hundía tanto en el culo que se lo notaba en la garganta—. ¡Por favor! ¿Podemos volver al centro mañana y comprar otro traje? ¡El señor Johnson no quiere darme otra taza de café a menos que le compres un traje!

—¿Y qué me dices de las dependientas? Antes has dicho que te pondrías hecha una furia si me follaba otra vez a cualquiera de ellas.

—¡Ahora eso me da lo mismo! Tengo que lamerle el coño a Angela para que el señor Johnson me deje tomar otra taza... y es una verdadera maravilla. ¡Así que fóllatelas si te da la gana! ¡Me las follaré yo si me lo pides! Pero, por favor, ¿podemos comprar otro traje?

—Vale, querida —dijo Michael con una risita ahogada, rindiéndose a los reconfortantes ruegos de su mujer—. Iremos a comprar otro traje mañana si eso es lo que quieres.

—¡Gracias, maestro! —jadeó la obediente perrita mientras Michael se preparaba para disparar otra carga de semen en sus entrañas—. ¡Muchas, muchísimas gracias!

FRATEL

Adrie Santos

Lisboa quedaba a cuatro horas de distancia en tren. En cada estación me arriesgaba a perder el lujo que representaba un compartimento para mí sola, lo más probable porque subirían dos hombrecitos con aliento a salchichón y queso o quizá con una gallina en una jaula.
La larga melena rubia me caía sobre la piel sudorosa y entre los tirantes de la camiseta blanca. Estaba concentrada en apartármela.
El tren acababa de salir de Fratel cuando oí una voz.
—*¡Desculpe!* —se excusó un extranjero alto y guapo, quitándose el abrigo y sentándose frente a mí.
—Hola.
Sonreí para mis adentros. Era una belleza de piel olivácea y pelo moreno. Tenía seguramente la mirada más profunda que he visto jamás. Vestía pantalones oscuros y una camisa ligera azul. Se había aflojado la corbata y desabrochado el cuello de la camisa. Supuse que era un hombre de negocios. Intenté no mirar a aquella criatura tan

sensual y mantuve los ojos fijos en la ventanilla mientras lo tenía sentado allí, justo delante, en aquel espacio tan reducido, tanto que nuestras rodillas prácticamente se tocaban.

El tren arrancó y la vibración de la locomotora y el aroma embriagador de los bosques que atravesábamos despertaron algo en mí. Me crecía en el pecho una fuerte sensación y se me dibujaba una sonrisa en la cara. ¿Era el estupendo paisaje o el guapo desconocido lo que me estimulaba todos los sentidos?

Le eché una ojeada: tenía la cabeza hacia atrás, descansando en la pared acolchada. Estaba un poco ruborizado, probablemente a causa del calor, aunque, con un poco de suerte, por mi culpa. Me preguntaba en qué estaría pensando. Le recorrí con la mirada el bello rostro y el cuello. Imaginé mis labios recorriendo a besos aquel cuello. Se movió un segundo para pasarse una mano por la frente... Chico... ¡Hacía verdadero calor en aquel compartimento! Observé lo grandes que tenía las manos y el vello oscuro que las cubría. Supuse que tendría un pecho peludo, muy europeo... muy sexy.

Empecé a notar un vivo deseo en mí y me dejé llevar por una fantasía con aquel guapo extranjero. Estábamos los dos en pleno beso apasionado cuando algo me sacó de mi ensoñación.

—*Muito calor* —dijo, abanicándose para indicar que hacía un calor espantoso. Se arremangó y se quitó la corbata... sin quitarme los ojos de encima. Se movía con lentitud y casi parecía que estuviera dedicándome un *striptease*. Su profunda mirada bastó para que se me aflojaran las rodillas y me puse más cachonda de lo que hubiese creído posible en aquel mágico viaje en medio de la nada.

Aunque un pelín sudada por el calor y aún un poco triste por la lacrimógena despedida de aquella mañana, me di cuenta de que estaba bastante atractiva. Tenía la intención de salir cuando llegara a Lisboa y había prestado especial atención a lo que me ponía y escogido una camiseta de tirantes que se me ajustaba bien al generoso pecho y una falda tejana de talle bajo con una abertura central lo suficientemente grande como para que se me vieran ligeramente las bragas si me sentaba precisamente como estaba sentada en aquel momento.

—¿*Tourista*? —me preguntó repasándome con los ojos de pies a cabeza.

—Mm... —Le devolví la sonrisa, sin recalcarle que mi situación no era, en principio, distinta a la suya.

Mi padre solía decirme cuánto les gustan a los europeos las turistas, ¡porque las tienen por unas fáciles!

Yo estaba a punto de serlo... ¡Quería que me sedujera!

—Eres muy guapa —murmuró, mirándome a los ojos.

Le respondí con una sonrisa y pasándome los dedos por el muslo... sin apartar la mirada. Me parecía que el corazón se me saldría del pecho. Anhelaba que me besara con aquellos labios carnosos y que me acariciara con sus fuertes manos. Mientras nos mirábamos descaradamente, empezó a resultar menos claro quién estaba seduciendo a quién, pero estaba muy claro en cambio que los dos estábamos dispuestos a tomar la iniciativa.

Me pasé la lengua por los labios y me arreglé el pelo.

Me levanté y aparté la mirada. No sé lo que me dio, pero me acerqué a la puerta y bajé la cortinilla para que los que pasaban por el pasillo no vieran lo que sucedía dentro del compartimento. Tras aquel gesto, él también se levantó y nos quedamos de pie, frente a frente.

Tenía el pecho pegado al suyo, lo que impedía que me tambaleara con el traqueteo del tren. Me acarició el pelo, me sostuvo la cara y se inclinó para plantarme los labios en la boca. Su beso fue fuerte y húmedo y lo sentí en todo el cuerpo. Me aparté un instante y vi que estaba sorprendido. Se irguió con los labios ligeramente abiertos, como si estuviera a punto de decir algo, pero no hacían falta palabras. Le pasé la lengua suavemente por el labio superior al tiempo que le recorría el cuerpo con las manos. Él me abrazó, me estrechó contra sí y me besó en la boca, acariciándome el pelo.

—Mm... *Linda* —susurró, apartando apenas los labios. Que me dijera «bonita» en una lengua extranjera me puso a cien... ¡Era todo tan sexy! El idioma, el acento, el hombre.

Metió los dedos bajo los tirantes de la camiseta y, siguiendo a besos su descenso, me desnudó los hombros. Cuando saqué las manos de los tirantes tomó mis dedos y se los metió en la boca para chupármelos uno a uno. Temblaba cuando me bajó la camiseta y dejó al descubierto mis pechos morenos, con los pezones erguidos y deseosos de ser tocados. Hizo una breve pausa y se limitó a mirarme fijamente, impresionado, asimilando la belleza que le ofrecía. Empecé a desabrocharlo, pero yo no era ni mucho menos tan paciente como él: me movía deprisa, con avidez, y le quité la camisa en cuestión de segundos; le besé la piel desnuda y el pecho fornido antes de apropiarme de nuevo de sus labios. ¡Era tan agradable notar su pecho contra el mío, los pezones duros contra los suyos...!

—*Eu quero-te...* —dijo sin aliento, devorándome los pechos, pasándome la lengua rápidamente por un pezón y luego por el otro. Siguió chupándome el pecho y me agarré a él para mantener el equilibrio mientras tiraba de mi falda hasta que ésta cayó al suelo; luego hizo otro tanto con la camiseta y ambas prendas se me quedaron alrededor de los tobillos. Así permanecí un momento, caliente, húmeda y prácticamente desnuda, permitiéndole admirarme antes de desabrocharle los pantalones y bajárselos junto con los calzoncillos de un solo movimiento. Cuando estuvimos de nuevo cuerpo contra cuerpo, me consumía el deseo de tenerlo... ¿Cómo era posible desear tanto a alguien? Me apreté contra él, pero no me pareció suficiente... lo necesitaba dentro de mí. Notaba su pene duro e hinchado en los muslos y me contorsioné intentando satisfacer con él mi ávida y expectante vagina, pero se apartó.

—Deja que te dé placer —me dijo bajito. Me llevó hacia el asiento—. Tiéndete.

Lo hice, levantando las caderas para que me quitara las bragas. De nuevo se movía despacio, relajadamente, mientras bajaba la delicada tela y seguía el recorrido de la misma con la lengua, suavemente. Cuando me las hubo quitado del todo, me abrí de piernas para él, dejándole espacio para hacerme lo que deseara. Con ambas manos me separó los labios de la vulva. No pude evitar soltar un quejido cuando me chupó el clítoris hinchado. Me estremecía de pies a cabeza de gusto mientras, sensual y lentamente, me lamía y me chupaba el coño.

Me pasaba la lengua a conciencia por cada pliegue, parando de vez en cuando para apretarme el clítoris entre los labios... Era una lenta y dulce tortura. Me incorporé en el asiento sólo lo suficiente para poder mirarlo. Tenía el pelo negro un poco alborotado y la frente perlada de sudor. Levantó los párpados con morosidad, como si despertara de una especie de trance. Me miró y le vi los ojos sonrientes y sentí su deseo por mí en todo el cuerpo. Seguía con los ojos centelleantes, casi maliciosos, cuando se metió dos dedos en la boca y se los chupó antes de metérmelos e iniciar con ellos un movimiento de avance y retroceso. Cada vez que los sacaba los doblaba hacia arriba para frotarme un punto que nunca hasta entonces me habían estimulado. Con la lengua reanudó el trabajo en el clítoris.

Todo aquello junto me enviaba oleadas de placer que alcanzaban hasta la última célula de mi cuerpo. Me sentía como si estuviera a las puertas del cielo cuando por fin se colocó entre mis piernas, con la boca brillante de flujo. Me miró a los ojos mientras se tendía sobre mí. Notaba su polla húmeda e hinchada apoyada en los muslos.

—Te necesito.

Su acento me sonó a música cuando se acomodaba para penetrarme con su largo pene. Me pareció que lo hacía más profundamente que nadie hasta entonces, y allí se quedó, como si quisiera saborear el momento todo lo posible.

Lo mantuve dentro de mí, y nos miramos, los dos conscientes de lo efímero del momento. Le pasé las yemas de los dedos por la espalda hasta el trasero y me agarré a sus nalgas, animándolo a tomarme. Nunca había estado tan desesperada.

Una última mirada y una caricia en la cara; luego levantó el torso. Apoyándose en los brazos, realizó largas y profundas embestidas, asegurándose de que sintiera cada empujón de su hermoso pene. Mantuvo los labios en mis pezones.

Las mejillas se me llenaron de lágrimas mientras movíamos el cuerpo al unísono al ritmo del tren, cada embestida más placentera que la anterior.

Me besó el cuello, susurrándome al mismo tiempo dulces palabras en su idioma... empujándome cada vez más y más cerca del orgasmo. Eché atrás la cabeza, entregándome a él con el cuerpo estremecido bajo su contacto.

Vi las conocidas luces del puerto de Lisboa por la ventananilla; se había hecho de noche y sabía que el viaje estaba a punto de finalizar.

No necesitaba más que un último beso; acerqué su cara y su boca a las mías y nuestras lenguas se entrelazaron. Un orgasmo como nunca había experimentado me sacudió de pies a cabeza.

Mis gritos de placer apagaron el ruido del tren. Las entrañas me latían y lo apretaban como para mantenerlos a él y a ese momento dentro de mí para siempre.

Aquella presión sobre el pene le llevó a correrse también. Noté cómo latía en mi interior. Gimió al llegar, llenándome de cálida leche, y se derrumbó sobre mí.

Teníamos poco tiempo para regodearnos. El tren estaba a punto de llegar a la terminal.

Después de vestirnos rápidamente en silencio, nos besamos para despedirnos y cada uno tomó su camino.

No osé mirar atrás. El bello desconocido permanecería en mi memoria, otro bello recuerdo de mi mágico viaje, uno que reviviría con una sonrisa durante años siempre que recorriera Portugal... al pasar por Fratel.

LA HORA DE VISITA

Stephen Albrow

Con la minifalda a ras de la parte superior de las medias, Lisa cruzó a grandes zancadas las puertas de la cárcel y se situó al final de la cola.

A los guardas se les salían los ojos. Aquella tarde había unas treinta personas haciendo cola para visitar a sus seres queridos encarcelados, pero Lisa era diferente. El cielo estaba cubierto, llovía con insistencia y todos iban vestidos de manera acorde con el clima; pero, desde la blusa corta a los tacones de aguja, Lisa iba vestida para el sexo.

A las dos en punto, unos guardas fornidos deslizaron las gruesas hojas metálicas de las puertas de la cárcel para abrirlas. Uno la vio y le dio un codazo a su compañero.

—Ésa va a desatar un motín sangriento —murmuró.

La brisa jugaba con la larga melena rubia de Lisa y le levantaba la falda, que dejaba al descubierto por breves instantes su piel desnuda por encima de las medias.

Con los tacones de diez centímetros, sus piernas esbeltas y largas parecían no tener fin, y aquellos tacones exageraban su sensualidad.

Notando el peso de la mirada de los guardas sobre ella, Lisa se dio la vuelta y les guiñó el ojo. Acentuó su sensualidad todavía más contoneando las caderas cuando atravesaba la zona de seguridad, donde un tercer guarda le hizo levantar los brazos y le pasó un sensor electrónico por el cuerpo.

El guarda se tomó su tiempo para hacerlo. Incluso se arrodilló y le pasó en sensor arriba y abajo por las piernas y debajo de la falda.

Decidiendo que era una puta acabada, los demás guardas intercambiaban bromas mientras observaban la escena. Lisa se alegraba por ellos. Que pensaran lo que les diera la gana.

—Vale, ya puede pasar —le dijo el guarda de seguridad, todavía arrodillado y mirando bajo la falda de Lisa.

Ella le hizo una breve reverencia antes de volver a su sitio al final de la cola.

La sala de inscripciones estaba al final de un largo pasillo monótono que daba a un modesto vestíbulo al otro lado del cual se encontraba la puerta de la sala de visitas, con un musculoso y alto guarda a cada lado. A la izquierda había un escritorio ocupado por un guardia de pelo cano que tomaba los datos de cada visitante. Después podían entrar a ver a sus maridos, padres, hijos y amantes sin escrúpulos.

Era una espera larga y tediosa para Lisa, pero se dijo que valía la pena. Para matar el tiempo sacó una barra de labios y un espejito del bolso.

Levantó el espejito y se aseguró de que tenía la atención de los guardias de la puerta. La tenía. La miraban de arriba abajo... justo como pretendía que hicieran.

Un hilillo de flujo se le escapó de la vulva.

Ya casi le tocaba el turno para acercarse a la mesa, así que la expectativa, tanto de nervios como sexual, empezó a actuar sobre su cuerpo.

Sonrió cuando el guarda por fin la llamó para que se acercara. Hizo un gran papel apoyándose en la mesa mientras empuñaba el bolígrafo y escribía sus datos en el sobado libro de registro. El hombre hacía cuanto podía para no mirarle el escote, pero la blusa escotada dejaba ver demasiada carne rosada y suave para ignorarla.

El guarda miró a sus compañeros y cabeceó.

Consciente del revuelo que estaba armando, Lisa se inclinó incluso más sobre el escritorio y levantó el culo. Notó que la minifalda se le subía por encima del encaje negro de las medias. Los guardas de la puerta le podían ver el liguero y quizás incluso entrever sus braguitas de seda negra.

Echó un rápido vistazo por encima del hombro a sus uniformadas entrepiernas. Cada uno llevaba unas esposas y una porra en el cinturón de piel, pero ningún armamento hubiese disimulado las pollas rampantes.

—Me parece que tenemos un problema —dijo el guarda de más edad, levantándose despacio del asiento.

Le hizo un gesto a Lisa para que esperara allí y se acercó a hablar con sus compañeros. Los tres hombres formaron un corrillo para confabular, hablando en susurros sin quitarle los ojos de encima a Lisa.

Ella estaba segura que su provocativa manera de vestir preocupaba al de más edad. Iba muy atrevida... tal como pretendía. Un poco más de tentación... subiéndose la falda y ajustándose el liguero añadió más leña al fuego.

—Yo lo arreglo —dijo uno de los guardas jóvenes con bravuconería. Luego se acercó a Lisa, que seguía jugueteando con el elástico superior de las medias y que respondió a su sonrisa aniñada con una traviesa y seductora. Él no se dejó convencer y esperó a que se bajara la falda antes de pedirle que lo siguiera.

—Claro —dijo Lisa, feliz de seguir al fuerte y guapo guarda a donde fuera.

Mientras lo seguía lo estudiaba. Tenía exactamente el aspecto que ella buscaba: de más de un metro ochenta, con los hombros anchos y fuertes y la espalda en «V» acabada en unas nalgas musculosas.

El uniforme azul marino estaba recién lavado y planchado, lo que le daba un aspecto de limpio que hacía juego con su cara pulcramente afeitada. Las esposas se balanceaban mientras caminaba. El único sonido que resonaba en los desabridos muros era el de sus tacones afilados que repiqueteaban en el suelo de cemento.

Recorrieron un pasillo monótono, al final del cual entraron en una pequeña habitación oscura, prácticamente una celda.

—Hay un problema con su modo de vestir —le dijo el guarda moreno, cerrando la puerta con llave.

Ella miró la desconchada habitación en la que estaba. Sólo contenía una mesa, una silla y un gran armario metálico. Un ventanuco con barrotes dejaba entrar unos cuantos rayos de sol, pero por lo demás el espacio era frío y húmedo.

—¿Mi modo de vestir? —Lisa se sentó en el borde de la mesa y cruzó las piernas.

No tuvo que bajar la vista para saber que se le veía otra vez el encaje elástico de las medias. Los ojos de perrito del guarda estaban hipnotizados por sus piernas largas y esbeltas.

Ya era suficiente. ¡Tenía un trabajo que hacer y lo haría!

—Su modo de vestir —repitió el guarda, acercándose al armario metálico y abriendo las puertas. Los abrigos reglamentarios de los guardas estaban colgados de las perchas. Descolgó uno y se volvió hacia Lisa—. Tiene que taparse.

—No esperará que me ponga eso, ¿verdad? —dijo ella, haciendo un mohín de Lolita al guaperas del guarda—. ¿No le gusta como me visto? —le provocó, con los ojos clavados en el bulto de sus pantalones. No hacía falta que respondiera a su pregunta, porque la tienda de campaña que tenía plantada en la entrepierna dejaba más que claro lo mucho que le gustaba su atuendo de putilla.

—No se trata de lo que a mí me gusta —arguyó el guarda, procurando mantener la profesionalidad—. Hay tipos en esta cárcel que no se han acostado con una mujer desde hace más de veinte años. Si la ven con esa falda y ese top, sólo Dios sabe lo que podría pasar.

—Huy —dijo Lisa, sonriendo con la idea mientras se bajaba de la mesa—. ¿He sido una chica mala? —le preguntó al guarda, caminando directa hacia su cuerpo bien formado antes de darse la vuelta e inclinarse.

—No es una cuestión de ser o no una mala chica —dijo el joven, intentando no mirarle el culo. La falda se le había subido casi hasta la cintura y se le veían las curvas femeninas de un trasero perfecto, con las bragas negras cruzándole las nalgas.

—¡Oh, por favor, diga que soy una chica mala! —le suplicó Lisa, inclinándose sobre la mesa, con el culo al aire.

Se separó las nalgas para dejar que el aroma almizclado del flujo en sus bragas perfumara la habitación.

El guarda cerró los ojos y disfrutó del tentador y embriagador olor. Aquello iba más allá del deber. Estaba acostumbrado a vérselas con criminales encallecidos, los comportamientos raros no le sorprendían. Pero no le habían preparado para aquello.

—Póngase el abrigo y podrá seguir con la visita —le dijo, abriendo los ojos y tendiéndole el abrigo.

—No —dijo Lisa.

—Haga lo que le digo —insistió el guarda, tajante. Empezaba a enfadarse, así que cuando Lisa se negó una vez más a obedecer, algo se desató.

—De acuerdo, usted se lo ha buscado —le gritó.

Tal como ella esperaba, se sacó las esposas del cinturón, rodeó la mesa y apartó la silla. Le puso un extremo de las esposas en la muñeca a Lisa, pasó la cadena por los barrotes del respaldo de la silla y le esposó la otra mano para inmovilizarla.

—¿Está contenta? —le preguntó.

Lisa sacudió la silla pero no pudo soltarse. Tendida de barriga sobre la mesa, con el culo levantado, estaba completamente a merced del guarda. Con los ojos azules abiertos como platos, miró por encima del hombro su hermoso rostro, con una sonrisa satisfecha e insolente en los labios. Centrada en su ardiente mirada, hizo un gesto con la cabeza hacia la porra que llevaba en el cinturón. Sin sonreír, el guarda se sacó la porra de caucho de veintidós centímetros y se acercó a su cautiva.

—No eres más que una puta —le dijo, levantando la porra y preparándose para golpearla. El arma silbó en el aire y le pegó en las bragas.

Liza gimió pero se negó a rendirse.

Indiferente a su malestar, le descargó con destreza un corto pero firme golpe en la parte trasera de los muslos.

El gemido fue más fuerte la segunda vez, porque ésta le había dado en una zona de piel desnuda, no en la cubierta por las bragas de seda.

Aparentemente complacido y con ganas de más piel desnuda a la que apuntar, el guarda le bajó las bragas y volvió a levantar la porra.

—¡Eres una chica mala! —gruñó, descargando un aterrador golpe en el trasero redondeado de Lisa.

Se le sacudió todo el cuerpo por el estallido de dolor, pero todavía levantó más las nalgas, pidiendo otro fustazo.

El guarda la llamó puta asquerosa y se dispuso a satisfacer sus deseos, dándole un trallazo tan fuerte que le dejó una marca roja en el trasero. La cautiva respondió con un aullido de dolor. Luchó con las esposas como si quisiera soltarse, pero el guarda hubiese dicho que de eso nada: disfrutaba de cada minuto de su sometimiento.

—¡Llámame puta otra vez! —le rogó tentadora, contoneando las nalgas.

—De acuerdo... ¡Eres una puta!

Aterrizó otro estacazo, esta vez lanzado al mismo punto para que el dolor fuera mayor.

Los muros espesos de la cárcel retuvieron el alarido torturado que escapó de la boca jadeante de Lisa; luego su respiración se hizo más pesada mientras las entrañas empezaron a latirle.

De repente, se le contrajeron los labios de la vulva esperando la polla del guarda; le manaba más y más flujo, cuyo exquisito perfume inflamaba el deseo del hombre dominante.

—¡Qué mojada estás, puta! —le dijo, hundiendo la porra entre las piernas de Lisa.

La cachiporra de caucho le recorrió la vulva y le tanteó el clítoris, haciéndola gemir.

El guarda se bajó la cremallera de los pantalones y dejó que le resbalaran hasta los tobillos. Retiró la porra de caucho y le metió la suya, igual de dura.

Le daba azotes en las nalgas mientras le metía la mitad del pene de veinticinco centímetros, lo sacaba y luego, una vez más, se lo metía del todo.

El coño de Lisa empezó a agitarse espasmódicamente alrededor de aquella polla dura como una piedra, tan dura que el guarda pudo follársela sin dificultad a pesar de los espasmos. Agarrándola por un muslo con una mano y con la porra en la otra, se la folló con ganas.

—¡Toma, puta!

Siguió golpeándola con la porra mientras se la follaba. Los gritos de ella lo excitaban. Hundió profundamente la verga entre las tensas paredes vaginales. Los alaridos de dolor se convirtieron en un prolongado y profundo gemido de intensa satisfacción.

Retrocedió hasta la entrada de la vulva y luego la partió en dos de nuevo. Como gritaba cada vez más fuerte, se inclinó sobre ella y le metió la porra entre los dientes, amordazándola con el instrumento de castigo.

Lisa mordió el caucho y saboreó su propio flujo. Mientras pasaba la lengua por la superficie pegajosa, el guarda puso las manos bajo la banda elástica de sus medias. Se la folló despacio. Se la folló rápido. Se la folló hasta que a ella le pareció que iba a morir de placer.

El ritmo lento de las embestidas parecía incrementar la sensibilidad de ambos, pero Lisa no estaba interesada aquel día en la sensibilidad, más bien lo contrario: quería que el coño le latiera igual que acababan de latirle las nalgas.

Quería que se la follara a lo bestia otra vez, quería que se la follara como a una chica mala, así que empezó a mover las caderas al ritmo de las embestidas del guarda. Sus cuerpos se movían al unísono, pero era ella quien ejercía la mayor presión y obligó al guarda a recuperar el ritmo rápido.

Agarrándola por las caderas, le bombeó su larga y pesada polla dentro y fuera, imprimiendo a cada embestida más veneno que a la anterior.

Lisa cerró los ojos. La interminable polla dura entraba y salía de su orificio húmedo y resbaladizo, esparciendo un hormigueo de placer en su interior. Notaba las esposas metálicas rozándole la piel de muñecas, mientras se la follaban a sacudidas. Notaba los pezones tiesos hundiéndose en la superficie de madera; tenía los pechos chafados contra la mesa, casi planos del todo. Las tetas le cosquilleaban casi con tanta intensidad como el coño, así que cuando el guardia le buscó los sensitivos brotes, el cuerpo entero entró en erupción con placer extático.

Él cerró los dedos sobre sus tetas, estrujándoselas hasta que le dolieron. El glande le pulsaba, pero las pulsaciones se multiplicaron por diez cuando las contracciones del orgasmo en la vagina de Lisa estrecharon sus músculos alrededor de su polla. El flujo escapaba de la vulva y su sexo estaba todavía más húmedo y mucho más flexible. Aprovechando la flexibilidad añadida, el guarda le asestó una última embestida. El primer chorro de semen salió. Inclinó la cabeza hacia atrás, cerró los ojos y dejó escapar gemidos de placer. Con otro empujón rápido soltó más semen.

El coño de Lisa respondió con una serie de contracciones tremendas, como si su coño y la polla del guarda intentaran superarse el uno a la otra con la fuerza de sus latidos. Lisa estaba segura de ganar la batalla porque su clímax no mostraba signos de ceder. La porra que tenía en la boca la refrenaba, conteniendo la tensión sexual en lugar de permitirle soltarse.

El guarda la oyó farfullar. Seguía con la porra en la boca. Al final, la soltó.

—Golpéame otra vez —le dijo como la puta que era.

Llamándola puta asquerosa, le descargó más golpes con la porra en las nalgas, sólo que esta vez ella podía gritar.

Arrodillándose, el guarda le metió la cara entre los muslos para saborear los flujos que le manaban del coño.

Ella notó su húmeda y cálida lengua pasándole por el agujero, estimulándole el clítoris ya excitado hasta que no pudo más.

Repentinamente ansiosa de besos, le rogó al guarda

que la soltara. Él rodeó la mesa y le abrió las pesadas esposas. Al instante estuvieron fundidos en un apasionado abrazo, con el calor de sus recientes orgasmos incrementando el intenso deseo de sus profundos besos.

Perdido en el éxtasis postorgásmico, el guarda por fin recuperó la cordura.

Miró intensa y largamente a Lisa, como si poco a poco regresara de un sueño.

—Será mejor que te vistas —le dijo, intentando recuperar cierta profesionalidad. Se subió la cremallera de los pantalones y se colocó de nuevo las esposas en el cinturón—. Ponte el abrigo si quieres visitar a quienquiera que fueras a ver.

Riendo entre dientes, Lisa se agachó a recoger las bragas, con una sonrisa cómplice en la cara.

—¿A quién vienes a visitar? —le preguntó el guarda, con muchas ganas de repente de saber cuál de los malvados presos era el marido o el novio de aquella extraña chica.

—¡Oh, a nadie en particular! —dijo Lisa—. Simplemente a alguno con una cara bonita, un par de esposas y una porra. —Se arregló el pelo y se metió las tetas en la blusa con naturalidad—. ¿Por qué crees que me he vestido así? Estaba segura de que alguien como tú repararía en mí.

El guarda frunció las cejas todavía más cuando cayó en la cuenta de lo que implicaba lo que ella le decía. La miró mientras terminaba de arreglarse la ropa, ya no tan seguro de haber sido él quien había dominado la situación.

—Me gusta que me traten como a una chica mala

—añadió Lisa, sonriente—. Por lo tanto, ¿qué mejor lugar al que ir que una cárcel?

El guarda se encogió de hombros y abrió la puerta. La hora de visita se había terminado oficialmente. Tenía que devolver a su prisionero al mundo.

En compañía de dos

Georgina Brown

La puerta de la habitación estaba entornada. La cama estaba vestida de suave satén beige. También las fundas de las almohadas eran de satén.
Los últimos rayos de sol le daban en la cabeza que tenía apoyada en la almohada. Su melena era de un negro azulado en contraste con el brillo claro del satén.
Sobre la otra almohada vio cabello rubio. Al principio contuvo el aliento y sintió una fuerte oleada de ira. Le había sido infiel, ella, que le había prometido no dormir con ningún otro a no ser que él estuviera presente. Aquél tenía un brazo alrededor de su torso y le resultaba vagamente familiar.
Cayó de pronto en la cuenta de que no había ningún hombre en la cama, que se trataba de su mejor amiga, Gloria. Las dos chicas dormían, seguro que desnudas, pero a él no le importaba si habían estado jugando a ser amantes. Una no le había traicionado.
De repente estaba enamorado de la encantadora es-

cena. Notaba el corazón henchido de amor, el cuerpo henchido de deseo.

No le quedaba más remedio que hacer lo que se proponía. «Imagina —se dijo—. El mayor deseo de un hombre: estar en la cama entre dos mujeres.» Se estremeció con aquella idea. Se preguntó si protestarían. No estaba seguro.

«Lánzate a la piscina.»

No podía hacer otra cosa.

Sin hacer ruido, se quitó los pantalones y todo lo demás. Con el pene orgulloso y dispuesto, se acercó a la cama y se acostó. Ellas murmuraron algo cuando se encajó entre ambas, acurrucándose bajo sus piernas enlazadas. Cuando lo hubo hecho, suspiró honda y largamente y cerró los ojos. Si era agradable irse a dormir con el cuerpo de una mujer contra el suyo, era incluso mejor cuando había dos mujeres en la cama.

—¿Qué...? —dijo Una, despacio, con voz de sueño, abriendo los ojos—. ¡Ben! ¿Qué haces aquí?

Él sonrió de un modo que creía que la desarmaría.

—Quería verte —le dijo. Hubiese querido decirle «follarte», pero decidió iniciar un acercamiento mucho más dulce—. ¡El señor Romántico ha venido!

La estrategia le funcionó muy bien. Ella se le arrimó y se apretó contra él. Lo abrazó y lo besó en los labios, en el cuello, en el pecho.

Gloria, la amiga de Una, se revolvió a su espalda. Su perfume, fuerte, le llegó por encima del hombro. Notó su mata espesa de vello púbico en contacto con las nalgas y sus labios en los hombros.

—Cariño... —la oyó decir con voz pastosa.

Gloria no solía despertar su libido, pero aquéllas eran unas circunstancias excepcionales. Ben murmuró de placer cuando la calidez de aquellos dos cuerpos se le pegó todavía más. Con su sola presencia, había encendido en ellas un fuego desconocido. Sus torsos se contoneaban contra el suyo como las olas lamen la playa.

—No paréis —murmuró—. Seguid haciendo esto siempre.

Se notaba las manos por todo el cuerpo a la vez. Se sentía arrastrado por una marea de pura decadencia. El placer se había convertido en un vuelo sobre una alfombra mágica.

Una mujer le sostenía los testículos mientras la otra le acariciaba el pene. Con la mano libre le acariciaban el pecho y el vientre, y le posaban los labios como mariposas en la boca, el cuello y el pecho.

Lo masturbaban, alentando su miembro viril a bailar con el anticipo del orgasmo. Él se las veía y se las deseaba para detenerlas. Tenía la garganta seca y la voz atrapada en la garganta.

Seguía tendido de lado cuando la mano libre de Gloria empezó a acariciarle la espalda. Mientras lo hacía, Una levantó una pierna, dobló la rodilla y la apoyó encima de la suya. Ahora tenía la vulva más cerca, con los labios separados, y le besó profundamente en la boca.

Levantándose como una criatura de las sábanas, su pene dio un brinco y su punta golpeó la carnosa raja entre sus muslos. De un segundo empujón la penetró plenamente. El vello púbico de ambos se tocaba.

Mientras, la mano de Gloria le acarició el trasero y se le coló entre los muslos para acariciarle los testículos.

Aquello le produjo una sensación increíble. Gloria le manipulaba los testículos no sólo para darle placer a él o por el suyo propio, sino para el de Una. A medida que las caricias de Gloria se volvían más decididas, todo su cuerpo parecía invadir a Una. Tenía el pene tumefacto por la presión de lo que sucedía dentro y fuera.

Le parecía que todas las venas del cuello le reventarían. Cada fibra de su ser estaba indefensa en las manos de aquellas mujeres.

Justo cuando le pareció que habían alcanzado el punto álgido, Gloria le pasó un dedo entre las nalgas y se lo clavó con ferocidad en el ano. Gritó, arqueó la espalda y empujó la pelvis contra la de Una.

Era como si lo hubieran arponeado; como si ya no fuera más que un mono en un palo bailando al son de otros.

Se corrió. Aunque hubiese querido aguantarse, jugar un rato hasta que Una llegara al orgasmo, no pudo hacerlo.

Lo que aquellas mujeres quisieran lo conseguirían. Cualquier cosa que quisieran, él se la daría.

Uma lo besó una vez que estuvo completamente vacío. Le pasó los dedos por el pelo, se los deslizó por detrás de las orejas, describió círculos en el lóbulo.

Él la miraba a los ojos. Incluso en la semipenumbra de la habitación le chispeaban. Una vez más se sintió indefenso.

—No hemos terminado con él todavía —le dijo Una a Gloria.

Gloria soltó una risita a su espalda. Seguía con el dedo metido en su ano. Él intentó sacárselo.

—No tan rápido —le dijo Gloria al oído—. ¿No has escuchado lo que ha dicho Una? Todavía no hemos terminado contigo.

—¡Glotonas! —exclamó Ben—. ¿Qué queréis ahora?

Sus cuerpos eran como prendas que le quedaran un poco estrechas.

—Vamos a darte exactamente lo que te mereces.

Le levantaron los brazos por encima de la cabeza y le ataron las muñecas a los barrotes de la cama de hierro.

Lo asaltó una súbita inquietud.

—¿Me va a doler?

—No demasiado —le respondió Gloria.

Ben empezó a forcejear.

Una le apoyó las manos en el pecho y le acercó su encantadora cara.

—No te preocupes, cariño. Quédate tendido y disfrútalo, sé buen chico. Si no lo haces, Una te dará cachetes en el culo o te meterá cosas dentro si eso es precisamente lo que no te gusta.

Gloria se levantó de la cama y se fue al baño. La oyó usar el lavabo.

Cuando volvió, llevaba una botella larga de color naranja en una mano.

—¿Qué es eso? —preguntó Ben cuando ella le sacó el tapón.

—Aceite —murmuró Una pasándole los dedos por el pelo. Le besó la frente—. No estés tan preocupado. De verdad que no es más que aceite.

Se pasó la lengua por los labios porque, de repente, los tenía secos como papel de lija. No mejoraron.

Gloria jugueteaba con su pene fláccido.

—¡Oh, no! ¡Otra vez no! —se quejó Ben.

Las chicas lo abrazaron.

—Pero, cariño, tú ya has tenido lo tuyo. ¿Qué hay de nosotras? —exclamó Una.

—Eso es verdad, querido —añadió Gloria—. Seguramente encuentras muy divertido irte a la cama con dos mujeres, pero todo placer tiene un precio. Dos mujeres llevan mucho trabajo... como estás a punto de comprobar, cielo.

Para su sorpresa, se le puso dura de nuevo. Una y Gloria le acariciaron la protuberancia venosa que ya estaba soltando una gota de líquido seminal.

A pesar de que temía no estar a la altura, porque tenía miedo, murmuró de placer. Las dos le recorrían el cuerpo, le acariciaban el pecho, el vientre, le mordisqueaban las orejas y el cuello.

Una lo besó en la boca y él ahogó el gemido que se le escapaba cuando Gloria le mordisqueó los testículos. Notaba sus mejillas suaves en la cara interna de los muslos, la nariz sobre la base del pene.

Rígido y viril, el pene se le irguió. Levantando el torso, miró a Una ponerse a horcajadas sobre su pelvis y dejarse caer sobre el falo. Despacio pero firmemente, su cuerpo lo engulló hasta la base.

Detrás de Una veía a Gloria inclinada entre sus muslos, con el culo levantado y mordisqueándole todavía las pelotas mientras Una lo cabalgaba.

La necesidad de alcanzarla y llenarla de semen era tremenda, pero no le estaba permitido.

—¡Me toca! —oyó gritar a Gloria.

Intercambiaron el lugar.

Ben comprendía que lo estaban utilizando, pero no podía hacer nada para detener aquello... ni quería.

Los labios de la vulva henchida de Gloria se deslizaron por su pene.

Gimió de placer cuando Una le levantó una pierna y se puso a lamerle el escroto y entre las nalgas.

—¡Dame más! —oía decir a Gloria.

Intentó protestar.

—Chicas, no tengo mucho más.

Hicieron caso omiso de lo que decía y se pusieron a hablar entre sí.

—¿Te está fallando? —le preguntó Una a Gloria.

—Este semental no está dando lo mejor de sí.

Una suspiró.

—¡Oh, cariño! Entonces tendré que solucionarlo. Déjame ver si puedo encontrar su punto G de nuevo.

Ben gritó y arqueó la espalda cuando el dedo de Una se le clavó en el ano. Ella se lo metía sin miramientos, para ver si le dolía o le gustaba. Lo empujó hasta la empuñadura, de modo que se le levantaron las caderas del colchón y su pene se retrepó con más fiereza en la vagina de Gloria.

Puesto que la respuesta había sido tan tremenda, no pudo evitar llenar de semen la funda que le recorría el pene por entero. Nadie hubiese podido impedir que el chorro le llegara a la punta de la polla y se derramara como leche espumosa en la expectante Gloria.

Gruñó cuando Una dijo que quería que también se la follara a ella.

—¡Oh, vamos, Ben! ¿No es para eso que se hace un trío? Todo el mundo obtiene lo que desea.

Ben seguía atado a la cama e hizo lo que le pedía lo mejor que pudo, aunque verle el culo y ver su pene desapareciendo entre las nalgas de Una le ayudó en cierto modo.

Horas más tarde, que a él le parecieron más largas, por fin lo desataron.

—Por ahora descansaremos y luego lo intentaremos de nuevo.

Ése era el plan de las dos, pero no el suyo. En cuanto se durmieron, se escabulló de la cama, como si pretendiera ir al baño.

Su ropa seguía donde la había dejado caer. Las chicas seguían durmiendo. Se largó.

«Dos son compañía, tres...» La frase hecha es que tres son multitud. En su fantasía sobre un trío, eran las chicas las que hacían el trabajo.

Con las piernas temblorosas y el pene fláccido como una tripa vacía en los pantalones, hizo mutis.

Los tríos, decidió, eran una puñetera pesadilla.

LA PRIMERA VEZ

J. Johnson

—Esto es para ti —le dijo su padre.

La bicicleta era vieja y quizás en otros tiempos hubiera sido negra. Pero la habían pintado de azul vivo y estaba bastante bien para montar por los caminos llanos que partían de la vía del ferrocarril que iba a Marsella.

El día que conoció a Paul, los álamos sombreaban la carretera y el sol brillaba en un cielo azul intenso.

Sólo con bragas, sandalias y un vestido azul, demasiado corto para taparle las largas piernas morenas y demasiado estrecho para su pecho en desarrollo, tomó por el camino que iba desde la granja hasta el pueblo y el río.

Pasar por encima de las bandas de sol y sombra de la carretera era hipnótico pero, al cabo de un rato, también molesto. Al final tomó a la izquierda por una senda de arcilla apisonada que atravesaba un campo hasta el huerto.

La hierba al pie de los manzanos estaba crecida y salpicada de pétalos rosados caídos de los árboles. El suelo era desigual, con montones de tierra levantada entre la hierba, como picada de viruela por los topos. Sin frenar del todo, dejó que la rueda delantera chocara con el primer montoncito. La bicicleta cayó hacia un lado mientras ella se caía del otro. Fue a parar entre la hierba fresca, con los brazos estirados por encima de la cabeza, los ojos cerrados y el pecho agitado.

Soplaba una ligera brisa que hizo caer las últimas flores sobre ella como confeti en el pelo y en el cuerpo. Suspiró satisfecha y se desperezó.

«No abras los ojos. Quédate aquí tendida y disfruta. Y desabróchate el vestido. Es demasiado infantil y te queda demasiado pequeño. Se te atrofiarán los pechos antes de haber podido crecer siquiera... y tú quieres unos pechos generosos. ¿Acaso no los quieren así todas?»

Con los ojos aún cerrados, se desabrochó el vestido y se abrió el apretado corpiño de modo que los pezones miraban al cielo y la brisa y las flores flotaban sobre su carne firme.

—Maravilloso —murmuró, y arqueó la espalda. Era como si la brisa tuviera dedos, tal vez incluso boca. Sonrió para sus adentros y se preguntó qué sentiría si fuera un hombre de verdad pasándole suavemente los dedos por el cuerpo y pellizcándole un pezón con los labios.

Podía fingir que así era.

—Es un hombre... —murmuró.

Manteniendo los ojos firmemente cerrados se pasó las manos por los pechos incipientes y notó cómo los pezones se le endurecían.

«Son los dedos de un hombre», se dijo mientras trazaba delicados círculos alrededor de los pezones antes de pellizcárselos y asombrarse de lo rápido que se le endurecían. También notó un leve cosquilleo entre las piernas.

—Si al menos... —susurró, bajando una mano hacia el vientre. Suspiró y se hubiera dejado llevar por el sueño si el aire no se hubiera enfriado de repente.

Supuso que sería una nube que cubría el sol.

—*Mademoiselle?*

¡No era una nube!

Se sentó muy erguida. Un joven se interponía entre ella y el sol. Su sombra le caía sobre el cuerpo.

—¿Qué quiere? —soltó, cubriéndose los pechos apresuradamente con las manos. Todavía tenía la falda arrugada por encima de los muslos.

—¿Puedes darme un poco de agua? —le preguntó él, mirándola con cierta curiosidad.

—Claro. —Le indicó con un gesto la botella de plástico sujeta al manillar—. Por favor, toma un poco.

Mientras se echaba el agua al gaznate no dejaba de mirarla por encima de la botella y ella le sostenía la mirada. Inexperta como era, descifró sin embargo lo que decían sus ojos y vio que le estaba mirando los pechos apenas desarrollados y las piernas morenas.

Empezó a apartar las manos. Los ojos de aquel joven, incluso el modo en que se le movía la nuez cuando bebía, la excitaban. Le devolvió la mirada.

Un vello rubio le cubría las piernas y los brazos desnudos. Sólo llevaba una camiseta y unos tejanos. Cuando hubo terminado de beber, se quitó la camiseta y se secó la cara con ella.

Deanna miraba fijamente su torso. No apartó los ojos de la carne firme hasta que se dio cuenta de que él le estaba devolviendo la botella. La tomó y bebió a grandes sorbos, sorprendida de estar tan sedienta de repente.

—Así está mejor —dijo luego, con un suspiro de satisfacción—. Ahora me he refrescado un poco.

—Yo no diría eso —le dijo el joven, sonriendo apreciativamente e indicando con la cabeza sus pechos desnudos.

—Necesitaba refrescarme después de pedalear —le explicó—. Y para enfriarse hay que exponer al aire la mayor cantidad posible de superficie corporal —añadió, con un provocativo encogimiento de hombros que dejó al descubierto más carne que antes.

Él levantó una ceja y esbozó una sonrisa torcida que delataba lo que estaba pensando.

—Sé a qué te refieres. —Flexionó los bíceps y se rio.

Ella se rio también.

Sin que lo invitara se dejó caer a su lado en la hierba, dobló el brazo y se sostuvo la cabeza con la mano.

—Me parece que eres lo que suele llamarse una damita —le comentó.

Ella sacudió la melena, se tendió en la hierba y miró los árboles y el cielo. Aunque el aroma de las flores del manzano todavía era intenso, el olor del cuerpo del joven se imponía, un olor que nunca había tenido tan cerca, no de aquella manera.

Él se le acercó y le tocó el pecho. Su excitación aumentó. Con los dedos trazó círculos alrededor de los pezones, luego inclinó la cabeza y besó con dulzura cada areola adolescente.

Si aquello estaba mal, no le importaba. Dulces necesidades físicas que hacía poco que notaba se estaban reforzando, le dejaban la carne temblorosa y le tensaban tanto el vientre que creyó que estallaría.

Una repentina angustia hizo presa en ella cuando notó que le sacaba las braguitas por los pies. Si al menos no hubieran sido tan infantiles... Si hubiese sabido que lo conocería aquel día habría tomado prestadas unas de Maeve, la novia de su padre, que solía llevarlas de satén.

Notaba la hierba particularmente fría en el culo. Curiosamente, quería mirar hacia abajo, mirarse el vientre y los muslos, ver cómo él veía la mata de vello negro de su entrepierna. Quería ver lo que él veía, saber lo que pensaba.

A lo mejor no tenía que mirar. No lo sabía. Sería su primera vez. Tenía que olvidar que él estaba allí; quería disfrutar enteramente de cada beso, de cada caricia.

—¿No quieres mirarme? —le dijo él mientras se tendía cuan largo era encima de ella.

—Me basta con sentirte. —Lo decía en serio. Su cuerpo le pesaba. Notaba su aliento cálido en la cara y su olor, una combinación de sudor fresco y hormonas juveniles, que era completamente embriagador.

El joven exploró con los dedos entre sus piernas. Algo en su organismo exclamó: «Eso es.» ¡Un puntito! ¡Sobre todo ahí! Jadeó y gimió pidiendo más. ¿Qué era aquello? Parecía una zona pequeña, no mayor que un botón, pero cuando se la tocaba era tan sensible que la sensación le invadía el cuerpo entero.

—Me gusta eso —dijo, y le puso los brazos alrededor del cuello. Él la besó en la boca, con labios cálidos y ansiosos, apoyando la lengua sobre la suya al igual que su cuerpo estaba encima de ella.

—Me parece... que esto te gustará aún más —le dijo

él, con la voz ronca de deseo, luchando con la cremallera.

Dura y cálida, la guio hasta su lugar.

Apenas con la punta al principio, le separó los labios de la vulva y le dio deliberadamente toquecitos en el botón hipersensible.

«Cálido como terciopelo», pensó ella.

Los abdominales se le tensaron. Sabía lo que sucedería a continuación. ¿Estaba preparada?

«Ahí va», pensó cuando los primeros centímetros de pene tieso la penetraron.

«¡Se acabó mi virginidad! Éste es mi momento especial. Es mi primera vez y debería sentir dolor pero sólo siento placer.»

Se abrió exteriormente para recibirlo. Interiormente rodeó el miembro viril, estrechándolo mientras entraba y salía de ella una y otra vez.

Algo se intensificaba, algo adquiría fuerza, crecía y crecía y...

¡Reventó!

Una oleada de placer la recorrió y le pareció que ya no tenía forma, que sólo era sensación, sexualidad, y que acababa de comenzar un nuevo capítulo de su vida.

El joven rubio dio una última embestida, se envaró y luego se dejó caer en la hierba.

Ella no lo miraba porque seguía con los ojos cerrados, saboreando el momento. Él quería que dijera algo. Ella lo sabía. Él quería que dijera lo maravilloso que era y que se derritiera como cualquier otra jovencita tonta.

Al final el silencio pudo con él.

—¿En qué piensas? —le preguntó.

Ella percibió la necesidad en su voz. Quería que lo adulara, pero no era eso lo que tenía en mente.

—Estoy memorizando este instante. Ha sido mi primera vez. Cuando sea vieja y tenga el pelo gris quiero recordar este momento, revivir cómo me siento ahora mismo.

Mientras se levantaba y se vestía la cubrió su sombra. Parecía apenado.

—¿Te volveré a ver? —le preguntó.

Ella sonrió.

—Alguna vez. Posiblemente en sueños.

VEN A VERME, ¿VALE?

Thomas Fuchs

Mírame, quiéreme, acércate. Acércate a mí, nene. Sí, estoy bailando para ti. Date el gusto, nene... méteme un billete en el tanga y de paso tócame.

Cuando las luces estroboscópicas parpadean soy misterioso, exótico y atractivo, atractivo, atractivo, y cuando las luces normales se encienden todavía tengo un aspecto estupendo, ¿verdad? Incluso mejor, ¿eh?

Tengo los músculos desarrollados y tersos. Flexiono los brazos para ti. Me doy la vuelta para ti, pongo duro el culo.

Mira estas grandes y redondas nalgas ejecutando su propia danza para ti, arriba y abajo, de lado a lado, adelante y atrás, adentro y afuera. ¡Oh, sí! Me vuelvo otra vez y saco pecho. Mira qué abdominales tan marcados, nene, ¿eh? Y el pecho... Los pectorales son montañas de músculo. ¿Quieres enterrar la cara en ellos, lamerme los pezones, chupármelos, ponerme cachondo para ti, nene? ¿Eh? Mira cómo me crece la polla en el tanga, caliente para ti, sí, para ti.

¿Cómo he llegado a tener este aspecto? ¿Crees que a base de gimnasio y de nadar y de practicar otros deportes cuando era niño, además de seguir una dieta y tomar complementos? Sí, todo eso, pero créeme que de nada sirve si no tienes la actitud adecuada. Necesitas esa actitud y yo la tengo, por eso lo he conseguido.

Vale, bien, sabes que tengo una buena constitución, pero aquí tienes mis medidas: metro ochenta y cinco, ochenta y dos kilos, ciento quince de pecho, sesenta y dos de cintura, cuarenta y uno de bíceps. Pelo negro, ojos castaños. La piel tersa y un buen color, sin marcas de bronceado. El pene, de veinte centímetros o más, de verdad, con un bonito glande.

Pues verás: incluso teniendo estas medidas, te sorprenderá si te digo que nunca me he considerado demasiado atractivo.

Quieres saber por qué, ¿verdad? Te miras en el espejo y ves que no das la talla o que a tus abdominales les falta definición. Está el tipo al que has visto en el gimnasio o en la calle o por ahí en alguna revista... así que te esfuerzas más y más. A veces, cuando iba a un bar, miraba a los gogós y pensaba «Caray». Supongo que una parte de mí quería subir a la plataforma, pero no hubiera osado intentarlo.

Por supuesto, a veces, cuando salía, los chicos me miraban, pero ninguno me hablaba. Ya sabes que hay mucha pose en West Hollywood. Bien, algunos a veces intentaban entablar conversación, pero no eran de mi tipo, te lo aseguro. Y era demasiado tímido para dirigirme a aquellos con los que me hubiera gustado trabar conversación. Era nuevo en todo esto, de Nevada. De Elko, Nevada, donde no hay nada parecido al panorama de West Hollywood, que por supuesto es el motivo por el que vine.

Conseguí trabajo en Kinko's y otro chico de allí, un día, a la hora del almuerzo, me dijo que yo le parecía verdaderamente atractivo pero que no sabía vestir. Era un tipo estupendo, debo decirlo, como una hermana, si sabes a lo que me refiero, intentando ayudar a un pobre pueblerino.

Me dijo que tenía que vestir más sexy.

—Estas camisas de Sears, fuera —me dijo.

En realidad no me había comprado las camisas en Sears, pero entendí a qué se refería, así que en mi día libre me fui de compras a esas tiendas ostentosas del paseo de Santa Mónica, ¿sabes?

Y así fue como ocurrió. Miraba esas musculosas camisetas sin mangas, intentando decidirme por cuál comprar. Me puse una y un tipo vino y me dijo que me sentaba bien pero que podía estar incluso mejor. Era un joven muy atractivo de pelo rubio y con lo que supongo que tú llamarías unos ojos color avellana. Fue realmente amable conmigo, pero sólo porque era el vendedor. Eso pensé yo, por lo menos. Como no me dijo su nombre, empecé a pensarlo.

Dijo que debía tener cuidado de no ponerme algo demasiado descarado porque resultaría un poco vulgar y yo tenía clase. Me eligió unas cuantas camisetas pero, cuando iba hacia el probador, tiró de mí hacia una escalerita y me dijo:

—Vamos arriba. Allí tendremos más intimidad.

No había probador, sólo una pequeña oficina con una mesa, una silla y un sofá. Cuando le pregunté si podíamos estar allí me contestó que sí que podíamos, que era el dueño de la tienda.

Me puse la primera camiseta que había elegido para mí. Una de esas violeta o púrpura. Me quedaba muy bien con el tono de piel. Sin mangas, para lucir los brazos, y lo bastante ajustada para que se me viera la musculatura del pecho. Estaba bien. Me quedaba estupenda.

Todavía estaba mirándome en el espejo cuando se me puso detrás.

—Ya lo tienes, tío. Ya lo tienes —me dijo.

Yo todavía intentaba entender a qué se refería exactamente cuando se me puso delante, me tocó el pecho y dijo:

—Tío, estás cachas, ¿verdad?

Esta vez supe a qué se refería, claro.

Luego deslizó la mano hacia mi polla.

Me aparté, instintivamente, ¿sabes?, porque me sorprendió un poco. Pero aunque me aparté, al mismo tiempo se me puso dura y gorda.

Nos quedamos un segundo allí de pie, frente a frente, a una cierta distancia.

—Eres de los tímidos, ¿a que sí? —me dijo.

—No.

Me agarró del brazo, me llevó al sofá y me tendió en él. Me puso una mano en la polla, esta vez con más dulzura.

—Tío, la tienes como de acero.

Me quitó los pantalones y ya ves tú cómo la polla me llena el tanga.

—Tienes que estar incómoda tan apretada —dijo.

Lo decía como si estuviera hablando directamente con mi pene. Luego me quitó los calzoncillos y, ya lo suficientemente tieso, el pene describió un arco y me quedó sobre el vientre.

Creía que iría al grano, pero se inclinó y se puso a chuparme un pezón. Noté cómo se me ponía duro y él seguía chupando y era tan placentero... Me frotaba el otro pezón mientras chupaba y luego cambió y se puso a chuparme el de las caricias y a frotarme el primero. Yo temblaba de pies a cabeza. Una especie de electricidad o algo así me recorría por entero, y creo que me puse a gemir, y de repente ya no pude más y le agarré del pelo y le aparté.

Supuse que se tomaría un respiro, pero no. Esta vez se dedicó a lamerme el cuello y su lengua era como un látigo. Aquello era un poco asqueroso así que le pedí que parara. Se puso a lamerme la oreja y lo gracioso fue que pensé que no acababa de gustarme lo que estaba haciendo. Temblaba de pies a cabeza, tenía la polla enorme y rígida, me latía y notaba que empezaba a rezumarme.

Dejó en paz mis orejas, se levantó y se inclinó sobre mí a mirarme la entrepierna. Sonrió de oreja a oreja. Tenía unos labios muy bonitos y cuando sonrió de aquel modo supe que se avecinaba algo bueno y sabroso.

Cuando se la metió en la boca fue hasta el fondo, de modo que el glande le quedaba en las amígdalas, tal vez incluso un poco más abajo. Se lo tragaba y aquella presión caliente y húmeda era maravillosa.

Apretaba y relajaba la garganta, una y otra vez, y me hubiese corrido directamente en ella de no haber sido porque al mismo tiempo apretaba los labios de modo que me lo impedía.

Luego me recorrió la polla con la lengua hasta la base y me chupó la punta y volvió a bajar. Lo hizo un par de veces y paró y me sonrió otra vez, con aquella gran sonrisa de algo que se avecina... pero no volvió a chupármela.

Se apartó de mí, del sofá y se puso de rodillas en el suelo, con el culo blanco y terso levantado.

Bien, yo quería trabajármelo, pero por aquel entonces no era ningún experto en follar, a decir verdad, así que estudié el agujero. Parecía limpio, de modo que fui a metérsela.

—Eh, tío. Usa condón, ¿vale? —Metió una mano debajo del sofá, sacó una cajita, extrajo lubricante y un condón y me los dio.

—Me puse el condón y el lubricante y empecé a empujar.

—¡Eh! —exclamó. Lo tenía muy prieto—. Masajéalo un poco, ¿vale?, con los dedos.

Eso hice, alrededor del agujero, y él se relajó y le introduje un dedo que fui metiendo y sacando y al que imprimí un movimiento circular.

—¡Ah! —dijo entonces. Lo disfrutaba un montón.

Luego me dijo que le metiera dos dedos y buscara la próstata, esa cosita dura de dentro sobre la que, desde luego, yo había oído hablar, pero de la que no sabía demasiado. Era todavía muy nuevo en aquello, ya sabes, pero la encontré y me dijo que moviera los dedos muy deprisa adelante y atrás. Eso hice, y se puso a gemir y todo eso, y a sacudírsela.

De repente noté como si el pene me fuera a explotar, así que saqué los dedos y se lo introduje. Como lo tengo de un diámetro bastante grande, tuve que empujar y él se abrió más pero todavía me costaba.

Me encantó estar allí dentro. Se lo metí despacio,

más allá de la próstata. Creo que le sacudía las tripas y él empezó a exclamar «uf, ooooh» y cosas parecidas. Así que le pregunté si se encontraba bien y dijo que sí, tío, e hizo una cosa curiosísima. Se echó hacia atrás y volvió la cabeza. Yo me incliné hacia delante, metiéndole de veras la polla, y nos besamos.

Me introdujo la lengua en la boca, suave y profundamente, un par de veces, y luego unas cuantas muy rápido, ya sabes, como un lagarto. ¿Has visto alguna vez la lengua de un lagarto salir disparada y retraerse? Era una cosa así. Me puso todavía más a cien. Luego apartó la boca y me dijo:

—Así, tiarrón, fóllame así.

Después volvió a meterme la lengua y repitió lo anterior, despacio y profundo y luego rápido y poco profundo y hasta el fondo otra vez. Cuando paró dijo:

—Sigue un ritmo y luego cámbialo. Como si bailaras... Fóllame como si bailaras, ¿vale?

Eso hice. Tenía el pene en su culo, así que empujé despacio y profundamente y cuando retrocedí despacio fue como un bombeo, como si le estuviera aspirando el culo. Él hacía ruidos y decía cosas como tío, sí, oh, tío y yo bombeé un par de veces y luego aceleré, rápido y poco profundo, y después otra vez despacio, balanceando las caderas y cambiando de un ritmo rápido a uno lento y vuelta a empezar.

De repente, mientras estaba en ésas, se me pasaron por la cabeza aquellos boys y pillé un ritmo y me lo follé a mi modo, pasando de sus métodos.

Todo aquel rato se la había estado pelando y entonces dijo:

—Me voy a correr, tengo...

Y se corrió. Disparó un abundante chorro de leche y fue gracias a mí, por lo que yo le había hecho.

La saqué, me quité el condón y me levanté de un salto. ¡Me estaba masturbando y bailando a la vez! ¡Sí! Bailando, moviendo el cuerpo como nunca y, luego, por fin, me dejé llevar y, tío, salió disparado por el aire, volando, una enorme descarga, y otra, y otra más, y me eché en el suelo, agotado y al mismo tiempo más lleno de vida de lo que recordaba haber estado nunca.

Así fue como aprendí a bailar como lo hago en la plataforma. Y aquí estoy, así que ven alguna noche. Quiero que vengas, te necesito aquí, nene. Sí, lo hago por dinero, pero sobre todo, ¿sabes?, para ver qué cara pones, la cara que ponéis todos cuando me subo aquí. Sois mi espejo. Cuando os veo mirarme, sé que soy atractivo.

Así que ven, ¿vale? Siempre estoy probando cosas nuevas y todavía estoy creciendo y haciéndome más fuerte y sexy. Todavía soy joven. ¿Te había mencionado que tengo 19 años? ¿Puedes resistirte?

Anthony

Gwen Masters

Decidí a posteriori que tuvo que ser por la manera en que me miraba por encima del plato, por cómo le sentaba la americana, que parecía hecha a medida. Por el modo en que su voz se volvía incluso más grave cuando se excitaba e intentaba que no se le notara. O tal vez fuera por el modo en que conducía aquel Lexus, apoyando las muñecas en el volante, tan seguro de sí mismo.

No. Tuvo que ser por su manera de besar, tan insegura y tímida. Eso fue, por el modo en que besaba. Por eso me volvió loca y me llevó al huerto.

Por eso me fui a la cama con él.

Tenía un cuerpo estilizado, flaco, sorprendentemente musculoso. Su voz, ronca, se volvía más profunda cuando estaba excitado. Enlazaba las manos con las mías mientras lo tenía encima. Lento y suave, no completamente dentro de mí todavía, excitándome con la emoción de su dureza entre mis muslos. Lo bastante para que la expectativa se desplegara en mí como una capa de deseo y sudor.

El pelo, largo y rubio, caía sobre mí, se me metía en la boca y me hacía cosquillas en las orejas. Chupé un mechón. Sabía a limpio y puro. Tenía los labios salados y la lengua le sabía a lima.

—Jesús, chica. Te deseo más de lo que imaginas.

—Eso parece, desde luego.

Sonrió a la luz tenue de las velas. Hundió la cara en mi cuello. Intenté apartar las manos de las suyas, tocarlo de todos los modos que ansiaba, pero eran como cintas de acero que me sujetaban. Me tenía agarrada sin esfuerzo.

«Dios mío, qué fuerte es...», pensé.

Después ya no pensé nada más porque me penetró.

Estaba más húmeda que nunca y enseguida lo tuve dentro, llenándome. Jadeé de la impresión. Mis gritos se ahogaban en su boca. Era como si saboreara mi aliento. Tensaba y relajaba los músculos de los brazos al ritmo de las caderas.

—¡Oh, Dios mío! —grité.

Enterró la cara en mi hombro y se movió más rápido. La sensación de calor se me extendía por todo el cuerpo desde la vagina. Estaba a punto, ambos lo estábamos. Me susurró al oído:

—Te gusta, ¿eh? Se te nota en la cara. No habías tenido un buen polvo desde hace mucho, ¿verdad?

Calló un momento mientras me soltaba una mano. Me agarró un mechón de pelo y gemí expectante antes incluso de notar el violento empujón. Eché atrás la cabeza.

—Respóndeme —me pidió.

—¿Qué? —Apenas podía pensar.

—¿Cuánto hace que no te han follado de lo lindo?
—Dios... eh... meses...
—Bien.

Descargó una embestida tremenda. Grité con todas mis fuerzas. Al diablo con los vecinos.

—Buena chica —ronroneó.

La vulva se me contrajo y él se estremeció. Noté cómo se corría y le agarré del pelo y le aparté la cabeza. Le lamí el cuello y saboreé la sensación de placer satisfecho. Momentáneamente, porque volvió al ataque con más ganas.

—Puedes follar mejor que eso —le reté.

Le mordí el cuello. Por la mañana tendría un morado. Lo sabía y me lo acercó más: quería otro mordisco. Le dejé otra marca en el lado opuesto. Se agarró al cabecero de la cama para hacer fuerza y penetrarme más. Lo abracé con las piernas.

—¿Así? —jadeó.
—¡Joder, sí!

Me contoneé para bajar lo suficiente y le mordí un pezón duro. Soltó un grito ahogado. Le pasé las manos por la espalda. Levantaba las caderas a su encuentro con cada embestida. Perdió el control. Lo sacudió un temblor lento que lo obligó repentinamente a apartarse e intentar recuperarse.

—¿Quién manda aquí? —bromeó, y yo me reí.

Luego también se echó a reír y se rompió la dinámica. Rodó en la cama y me arrastró con él. En algún punto del recorrido su pene se escurrió fuera de mí. Quedé tendida sobre su pecho y nos reímos hasta que me entró la flojera.

—Realmente no soportas no tener el control, ¿a que no? —le pregunté.

Lentamente acercó las manos al cabecero y se agarró a la parte inferior del mismo.

—Enséñame —susurró.

Encontré el cinturón de mi bata de satén. Él estaba tendido debajo de mí plácidamente, como las aguas mansas, mientras lo ataba al cabecero. Levantó una rodilla y yo me abalancé hacia delante. Se rio. Me di contra el cabecero, que golpeó la pared con un estruendo metálico.

—Eres más fuerte de lo que pareces —le dije asombrada.

—Es simplemente que no quiero que pienses que tienes todo el control —dijo, arrastrando las palabras.

—Espera y verás, listillo —le provoqué, colándome entre sus piernas. Se envaró, rígido de pies a cabeza. Luego se fue relajando poco a poco. Me quedé allí sentada, esperando. Estaba segura de que la curiosidad podría con él a su debido tiempo.

Y surtió efecto.

—Tócame —se quejó bajito.

—No te oigo —le dije.

—Tócame...

—Suplícamelo.

Levantó el tronco y me miró. No quería pedírmelo. Me incliné y me metí el pene en la boca, con una larga caricia que le hizo levantar las caderas de la cama. Se lo chupé con fuerza camino de la punta. Lo tenía duro como una piedra y con el glande hinchado de deseo. Probé una gota de líquido seminal agridulce mientras se lo lamía y luego me aparté.

Intentó utilizar las manos, olvidando que estaba atado. Miré cómo forcejeaba. Tenía marcas mías por todo el cuerpo. Su aspecto era fuerte y vulnerable al mismo tiempo. Le acaricié los muslos mientras él lentamente ponía a prueba las ataduras. Al final se rindió. La mirada de sus ojos azules no tenía precio. No podía hacer nada y lo novedoso de la situación le atemorizaba. Esperé mientras la expectación luchaba con el miedo.

Ganó la expectación.

—Por favor —me dijo—. Por favor, por favor...

—Por favor ¿qué?

—Por favor haz lo que sea... por favor, utilízame...

Bien, bien. Eso estaba mucho mejor. Daba vueltas a las posibilidades cuando volví a inclinarme sobre su polla. Le soplé en el glande y se quejó. Vi cómo temblaba, arqueándose hacia mí en el aire nocturno. Le pasé la lengua por cada pliegue y cada vena que encontré. Luego profundicé y observé cómo empezaban a temblarle las caderas.

—Más...

Le pasé los dientes por el pene y gimió fuerte.

—¿Así?

—¡Oh, mierda! Sí...

Me lo tragué y se lo trabajé despacio una eternidad. Notaba sus huevos pesados y tensos en la mano. Le temblaban los muslos y una vez intentó juntar las piernas, pero yo se las empujé con las rodillas, manteniéndoselas separadas. Se retorció en la cama cuando le deslicé un dedo hacia el ano y se lo sondeé con suavidad.

—No... —se quejó, pero no se apartó.

—Sí. —Empujé con más fuerza, metiéndole medio

dedo dentro. Arqueó la espalda y me la metió directamente en la garganta. Me la tragué una vez y gimió, superado por la sensación.

—Voy a correrme —gritó, desesperado.

Me retiré sólo un poco, chupándosela con demasiada suavidad para que pudiera alcanzar el orgasmo. Corcoveó en la cama. Se estremecía por entero del esfuerzo por correrse sin conseguirlo. De pronto me puse a chupar más fuerte y cuando gimió le agarré la polla con una mano y se la sacudí.

—Dios mío... ¡Joder!

—Cierra los ojos.

Lo hizo, obediente, sin dudarlo.

Le metí más el dedo en el ano. Le estrujé la polla y luego subí por ella con la mano hasta la punta. El orgasmo que lo sacudió vino tan rápido que no tuvo tiempo de prepararse.

Tenía la voz profundamente ronca de la sorpresa. Le arropé el pene con la boca mientras se le escapaba el primer chorro de semen. Corcoveó en mi boca mecánicamente, echando atrás la cabeza y apoyándola en las almohadas, tirando fuerte de las tiras de satén que le sujetaban las muñecas. Gruñía con cada embestida, hasta que por fin se derrumbó entre las sábanas, agotado el flujo.

El temblor se intensificó. Temblaba de pies a cabeza mientras yo me lo trabajaba hasta detenerme a besarle la barbilla y apartarle el pelo de la cara. Tenía las sienes perladas de sudor.

—¿Has gritado? —le pregunté bajito.

—Sí, creo que sí. No sé por qué.

—No tienes por qué saberlo.

Sonrió y lo desaté sin prisas. Luego le besé las marcas rojas de las muñecas. Me metí un dedo suyo en la boca y se lo chupé. Sabía a sal y un poco a mí y ligeramente a algo metálico. Me tomé mi tiempo para explorar su cuerpo, para saborear una gota salada justo bajo su clavícula, una dulce gota justo dentro de su codo. Para saborear el sabor curiosamente almizclado de su ombligo. Él me sostenía con suavidad del pelo y me dejó disfrutar del mapa de su cuerpo.

Luego me empujó en la cama y me hizo lo mismo. Estaba tendida boca arriba y me deleitaba en la sensación de sus labios y su lengua serpenteando por todo mi cuerpo. Saboreó mis zonas más íntimas... el canalillo de la parte baja de la espalda... la curva del tobillo... la fina capa de sudor de debajo de los pechos. Cuando hubo subido hasta la boca yo ya temblaba de deseo y por el hecho de estar siendo descubierta por alguien que sabía de verdad cómo explorarme.

—Has sido concienzudo.

—Primero voy a hacerte el amor —me respondió—. Luego, simplemente, voy a follarte.

Me levantó una rodilla para abrirme lo suficiente. Me metió la polla tan hasta el fondo que me dolió. Sabía que al día siguiente apenas podría caminar, pero me daba igual. Sólo quería más.

Se movió despacio y con cuidado. Intenté arquear la espalda para ir a su encuentro pero me sujetó por las caderas y no me dejó moverme. Crecía en mí la impaciencia. Quería más, quería sexo duro, pero él no iba a dejarme tenerlo. En lugar de eso se movía con una lentitud desesperante que me provocaba sensaciones que nunca había sentido.

—Simplemente aguanta —me dijo—. Limítate a sentir. No te propongas una meta. Sólo siente.

—No sé cómo...

—Yo te enseñaré.

Y me enseñó. Yo no podía hacer otra cosa que sentir, y eso hice... tendida debajo de él le dejé moverse como quiso, le dejé encontrar lugares en mis entrañas que me hicieron clamar su nombre. Notaba sus manos, tranquilas y cariñosas, en todo el cuerpo a la vez. Cuando creía que ya no aguantaba más, me abrazó y me atrajo hacia sí tanto como pudo. Abrí la boca y la apoyé en su pecho y saboreé su sudor. Inspiré profundamente el aroma que era únicamente suyo. Enterró la cara en mi hombro y me susurró al oído. En todo aquel tiempo no aceleró el ritmo... dejó simplemente que la sensación creciera por sí misma, sin necesidad de nada más.

Pero lo todavía más sorprendente era lo que sentía por dentro, la satisfacción en plena pasión. Lo segura y protegida que me sentía en sus fuertes brazos. La sensación de que su cuerpo, encima de mí, era lo único que me mantenía unida al mundo y que en ese mundo sólo estábamos nosotros dos.

No existían el dolor, las preocupaciones ni las penas. Sólo yo y aquel hombre que se movía con tanta dulzura dentro de mí.

«¡Oh, Dios mío! Me está haciendo el amor. Así es en realidad», pensé.

Me eché a llorar quedamente y él besaba cada lágrima y no dejaba de moverse.

Unos minutos o toda una vida más tarde, no lo sé, se corrió. El flujo cálido de su cuerpo encendió en mí una hoguera. Tuve el orgasmo más intenso que había tenido jamás, pero eso no me hizo gritar ni clavarle las uñas en la espalda. Qué va. La sensación me recorrió de pies a cabeza. Me sentí llena y revitalizada a un tiempo. Nos mirábamos mientras se vaciaba en mí, llenándome y manchando las sábanas. Yo temblaba y con aquel temblor lo impulsaba a penetrarme más, ávida, necesitada de él, reteniéndolo.

Después de un buen rato se apartó, sólo lo suficiente para dejarse caer a mi lado. Me sostuvo entre sus brazos fuertes y me besó la frente, luego la cara, luego los labios.

—Eso...

—Ssss. Calla, chica.

—Pero...

—No tienes que decírmelo. Lo sé.

Callé, intentando expresar cosas que no acertaba a decir. Me volví hacia él y lo abracé fuerte, hundiendo los dedos en su pelo. Se quedó con la cabeza apoyada en mi pecho y casi podía oír cómo escuchaba los latidos de mi corazón mientras nos relajábamos tras el clímax. Con un pie me atrapó la pantorrilla y me acercó todavía más. Sonreí y le besé la frente, acariciándole el pelo rubio una y otra vez.

Al cabo de un rato me desperté. Fue un despertar delicioso... con su cuerpo deslizándose en mi interior. Alargué una mano hacia atrás y la apoyé en su cadera, notando cómo se movía despacio.

—Estás despierta —me provocó.

—Un poco.

—Ponte de rodillas y te despertaré a lo grande.

Me reí bajito y me puse de rodillas. Empujé hacia atrás, contra él, con el cuerpo aún pesado por el sueño, estirando las piernas con placentero dolor. Noté doloridos lugares que había olvidado que pudieran dolerme. Él me penetró profundamente e hice un gesto de dolor.

—¿Te duele?

—Un poco, pero no demasiado... creo.

—Tienes que tomarte las cosas con más calma. —Suspiró burlón.

—Ni se te ocurra —le respondí sonriendo.

—Si no recuerdo mal... —me dijo con un aire pensativo—. Te debo un polvo.

Me reí y me apreté contra él. Agarró un mechón de mi pelo y tiró de él. Al principio con suavidad, luego más fuerte cuando notó que me mojaba. Me la metía y me la sacaba con movimientos poco profundos, sólo lo suficiente para hacerme desear más.

—Dime que te gusta —ronroneó.

—Me gusta. ¡Oh, me gusta...!

—¿Te gusta el sexo duro? ¿Lo quieres?

—Sí...

Me folló a lo bestia, casi levantándome de la cama. Grité de la fuerza con que lo hacía.

—Demuéstrame todo lo fuerte que eres —jadeé, alentándolo.

Siguió follándome sin piedad y tuve que sujetarme al cabecero para evitar darme de cabeza con él. Estaba siendo más brutal de lo que había sido antes esa noche. Y yo estaba más tensa. Empezó a moverse sin ninguna delicadeza y con un solo objetivo: que los dos llegáramos al orgasmo.

Alargué una mano para tocarme el clítoris. Él gimió, lo que me puso todavía más tensa. Estiré más el brazo y noté su polla saliendo y entrando, le toqué los testículos que chocaban con mi monte de Venus. Luego volví a acariciarme el clítoris para alcanzar un orgasmo que también le hiciera llegar a él.

Seguía arrodillado detrás de mí, follándome sin tregua.

—¿Estás bien? —me preguntó jadeando.

—Estoy bien. Déjame ver de lo que eres capaz.

Y eso hizo. Me folló con tanta furia como pudo, con más fuerza que ningún otro, con tanta que me ardía el coño. Ejercía un movimiento de vaivén sujetándome las caderas para mantenerme a merced de sus embestidas. Me folló tan a lo bestia que tuve que morderme el labio para no gritar. Era una agonía, una tortura y... oh, Dios... era estupendo. Antes de que me diera cuenta de lo que sucedía me corrí, de una forma tan brutal que casi tuvo que detenerse. Nada en el mundo importaba a no ser aquel hombre follándome hasta que su cuerpo explotara.

Cuando llegó soltó un chorro que tuvo que ser casi doloroso. Noté cómo soltaba otro y esta vez no paró, continuó moviéndose de modo que nuestros sexos chapoteaban con cada embestida. Me derrumbé debajo de él cuando por fin se calmó, una vez llegado al límite de lo que su cuerpo podía soportar. Un último empujón y se quedó quieto hasta que se le encogió y pudo salir con suavidad.

Me quedé tendida en la cama, completamente satisfecha y demasiado sin aliento para decir nada.

Me cogió una mano, me la besó y se la puso sobre el corazón. Me acurruqué contra él cuando se tumbó a mi lado. Me sentía a salvo y cálida y completamente feliz.

—Mañana vamos a pagar las consecuencias de esto —me susurró.

Sonreí. Me besó los párpados, uno tras otro. Me atrajo hacia sí y su pelo me cayó sobre la frente cuando me besó la sien. Estábamos envueltos en la colcha, que nos protegía del frío del amanecer.

—Dime que no tengo que marcharme —me susurró.

—Quiero que te quedes.

—Te traeré el desayuno a la cama —se ofreció con optimismo.

—Cariño, tú eres el desayuno.

Rio entre dientes, ya dejándose arrastrar por el sueño. Su respiración se volvió pesada y regular. Dejé que se me cerraran los párpados y noté cómo me dormía. Descansé acurrucada en sus brazos, sabiendo que aquello era un nuevo comienzo.

Me preguntaba cómo demonios iba a caminar por la mañana.

VOLAR

Paige Roberts

Volar es el mejor regalo que me han hecho jamás, aunque vaya acompañado de esa maldición de vivir en la oscuridad y ansiar la sangre de los demás. Algunos dirán que el mejor regalo de mi vida es la eterna juventud, pero en ocasiones me pregunto si una vida eterna de oscuridad y hambre es tanta maldición como lo demás. Pero volar... Vivo para volar, es la verdadera libertad y una pura delicia. Noto el suave aire nocturno acariciándome la piel desnuda, jugando con mi largo cabello, y me río a carcajadas. Vuelo con los brazos abiertos como si quisiera abrazar el viento. Por detrás debo de parecer una víctima sacrificial en el altar estrellado.

Pero no vuelo sólo por el placer de volar. Me impulsa el hambre. La necesidad.

No quiero buscar a otros. Sólo quiero estar sola con el aire suave y las estrellas, pero tengo que obtener el calor de la vida para sobrevivir.

Vuelo hacia la linde del bosque, donde empuja la civilización y la arboleda da paso a campos vallados con alambre de espino, deseosa de soledad pero buscando el calor de la vida... mi eterno conflicto entre deseo y necesidad.

Veo la cálida silueta roja de un búho que se lanza en picado sobre un ratón en un campo, un colega cazador buscando vida en la oscuridad.

Yo necesito una presa más grande. Puedo alimentarme de un ciervo, de una vaca o un caballo, que me mantendrán con vida una noche más. No saciarán mi necesidad ni mi deseo, pero me calmarán el hambre por un tiempo, hasta que encuentre una presa mejor y más escurridiza. El terreno de caza que he escogido tiene poco de sabroso, pero no hay ninguno de los míos, cuya compañía detesto, y que me buscarían para luchar conmigo. Prefiero la paz y la soledad, aunque eso implique tener que usar más la astucia para encontrar una presa, y tener paciencia... mucha paciencia.

Veo un destello de movimiento detrás de los árboles: una cierva. Me lanzo en picado como el búho sobre el ratón, pero me elevo en el último momento y aterrizo en cuclillas en la hierba. La hembra se marcha corriendo a saltos, con su cervatillo detrás. No quiero arrebatarle la vida a una madre y dejar huérfana a la cría. Hay otra presa. Esta noche, quizá, la presa mejor, si mis cálculos son correctos.

Me impulso de una patada y cabalgo de nuevo el suave viento por encima de los árboles. Allí. Caballos. Ya me he alimentado de esta manada otras veces. Los caballos son lo suficientemente grandes como para que me alimente de uno sin matarlo. Lo prefiero siempre que me es posible.

Me poso como una pluma en el lomo de uno de los ejemplares más grandes. Es un macho. Lo sé por cómo huele. Al principio se asusta y corre, pero le transmito mi voluntad con las manos mientras lo cabalgo y frena y al final se detiene, tembloroso, excitado, asustado, pero deseoso de lo que mis manos prometen.

—Te daré placer, bestia. Mi beso es éxtasis —le prometen mis manos.

Y mientras sus compañeros lo abandonan, corriendo para salvar la vida de la depredadora oscura caída del cielo, cumplo mi promesa. La cálida vida de su gran corazón palpitante me llena la boca y llena el vacío de mi cuerpo. Mi sangre, como el aire, es transparente, fría e inerte cada noche cuando me despierto. La sangre del animal me da fuerza, solidez, calor... vida. Cierro los ojos y comparto el éxtasis que experimento con el animal, un regalo para que me entregue de buen grado lo que debo robarle. Me pierdo en el placer de comer. Es una pálida imitación de alimentarse de la vida de un hombre, pero así nadie sale perjudicado. El animal también vivirá, aunque estará débil.

Oigo un estruendo y tengo la sensación de que me han dado un golpe muy fuerte en el costado. Estoy tendida de espaldas en la hierba, todavía un poco perdida en el sopor de la comida y confusa por lo sucedido. La brillante calidez de parte de la sangre que he robado se me escapa por un agujero en el costado, por debajo de las costillas. La sangre tiene el rojo del calor en mi visión nocturna; es de un violento rojo oscuro como el de las ascuas, como lava líquida rezumando de mi cuerpo.

Me asombro de verme una herida tan fea. Sé que no

voy a morirme. Mi mente le ordena que pare de manar y que cicatrice antes de que se me escape más sangre. Se me cierran los ojos, la oscuridad me envuelve. Estoy tan cansada... tengo que curarme. Me esfuerzo, preguntándome de dónde procede la herida.

Entreabro los ojos y miro la cara de un hombre, un joven asustado, consternado.

—¡Dios mío! ¡Eres real! ¡Eres una vampira!

Eso soy, sí. Pero una muy maltrecha. Gracias, sin duda alguna, a la escopeta que el joven empuña. La oscuridad me envuelve de nuevo. ¿Volverá a dispararme y me cortará la cabeza mientras duermo y trato de curarme? Tal vez. Sin embargo, puedo luchar contra el sueño curativo y separarle la cabeza de los hombros. Pero tiene unos ojos inocentes, como la cierva. Ya le había visto antes, cuidando de sus caballos, arreglando las vallas, incluso de noche muy tarde. Le vi ayudar a parir a una yegua hace tres semanas. Se ocupaba de ella con delicadeza, sonriendo feliz por la promesa de un nuevo potrillo. No quiero que su vida se acabe. ¿La mía? Tal vez. Oscuras noches vacías de incontables años a mis espaldas y hasta el infinito por delante. Si el hombre de la mirada bondadosa con la escopeta decide acabar con eso, pues que así sea.

Dejo que la oscuridad me venza y busco los círculos internos de mi mente donde puedo cerrar las venas para detener la hemorragia. Uso la vida y la fuerza de la preciosa sangre para reparar el daño de cincuenta perdigones. Poco a poco, el poder de la sangre y el de mi mente cierran el desgarro de mi carne. Permanezco en la segura oscuridad del interior de mi cabeza hasta que tengo la piel lisa y sin marcas y el cuerpo como si nunca me hubiesen herido.

Cuando abro los ojos la luz me hace parpadear y apartarme hacia la oscuridad. Lo primero que veo es la cara de preocupación de un hombre joven pero con profundas patas de gallo de tanto entrecerrar los ojos al sol.

Una hoguera de campamento chisporrotea cerca, la fuente del resplandor.

—¡Te has despertado! Tenía miedo de haberte matado —me dice.

Me muevo, intentando sentarme, pero tengo las manos atadas a la espalda. Forcejeo un poco para valorar mi situación. También tengo los tobillos atados, y una cuerda larga me une los tobillos a las muñecas. Sigo tendida de lado, mirando a mi captor. Se mueve bien, es fuerte y elegante como el caballo que he probado. No me cabe duda de que sabe mucho mejor que el caballo.

Aparta la mirada y baja los ojos.

—Perdón por las cuerdas. Pero he visto lo que le has hecho a mi manada. No quiero acabar con unos agujeros en el cuello y perdiendo la mitad de la sangre, o más, puesto que no puedo ofrecerte tanta como un caballo.

Me fijo en cuánta hambre tengo. No he perdido mucha sangre del caballo antes de detener la hemorragia. No necesitaría la mitad de la sangre del hombre para saciarme, sólo medio litro o un litro. Puede darme eso de sobra sin sufrir ningún perjuicio.

Gimo bajito mientras me sacude una oleada de fuerte deseo simplemente con la idea de tocar a ese hombre tan dulce. Hace mucho que no pruebo la intensidad de la sangre humana e incluso más que no he tocado a un hombre apasionadamente, y sé que no le mataré mientras esté alimentándome. Noto que se me humedece el sexo y una agitación en el bajo vientre. Quiero a este hombre. ¡He vivido como una salvaje tanto tiempo, como un animal! Sola.

Se acerca a mi lado, creyendo que gimo de dolor.

—¿Estás bien? —me pregunta. Alarga la mano como si fuera a tocarme, pero duda.

Vuelvo a gemir previendo su contacto, pero su mano queda a cierta distancia de mi piel desnuda. Noto su calidez, tan angustiosamente cercana.

Puedo usar el tacto para seducirlo, como he hecho con el caballo, pero tiene que tocarme cuando estoy completamente consciente. Me retuerzo un poco contra las ligaduras para que mi melena negra y espesa, que él ha usado para cubrirme los pechos mientras dormía, se deslice y mi cuerpo desnudo y vulnerable quede completamente a la vista.

Abro mucho los ojos para parecer inocente y necesitada. Estoy atada. No puedo hacerte ningún daño. Y te deseo. Por favor, tócame.

—No sé por qué, pero no me parece buena idea —me dice, apartándose.

Gruño de frustración y le lanzo una mirada llena de odio. Maldito sea. Es tan inteligente como guapo, y eso hace que lo desee todavía más... si tal cosa fuera posible.

Se sienta frente a mí, mirándome asombrado, inmune a mis ojos que echan chispas de rabia y de deseo.

—Una vampira... ¡Caray! No creía que existiera tal cosa. Pero cuando los caballos empezaron a estar débiles y temblorosos sin que les viera ninguna marca aparte de dos pequeñas incisiones en el cuello... no me quedó más remedio que dar por hecho que su existencia es real.

Me relamo, mirando el modo en que los músculos se le mueven bajo la piel, inspirando profundamente su aroma. No puedo pensar teniéndolo tan cerca. No puedo más que sentir. Tengo dentro un doloroso agujero negro que intenta tirar de él y tragárselo. Quiero que se calle y me toque.

Sigue hablándome, pero ya no sigo su discurso. Llevo sin pronunciar palabra años, quizá décadas. Presto poca atención al paso del tiempo.

Intento recordar cómo pronunciar palabras en voz alta.

—Déjame irme. —Por fin recuerdo cómo hablar, con una voz que me resulta extraña incluso a mí, grave, vibrante y ruda, como la de una cantante después de una juerga.

—No puedo —me dice.

Me limito a mirarlo.

Se encoge de hombros.

Me teme. Es realmente sensible.

—Si no me has soltado cuando salga el sol, moriré —le digo bajito, y vuelvo a mirarlo con ojos inocentes y, ahora, asustados.

Parpadea.

—No había pensado en lo que sucedería después.

—Me has disparado —le recalco—. ¿No me querías muerta?

—No, no. Siento muchísimo haberlo hecho. Ha sido sólo porque no te veía bien en la oscuridad. Me ha parecido que había un puma o algo parecido persiguiendo mis caballos. Simplemente, no podía creer que fuera un vampiro hasta que te he visto de cerca.

—Tienes que soltarme o moriré —le digo.

—Y si corto esas cuerdas, es posible que sea yo quien muera antes del amanecer.

—No te mataré.

—Ojalá pudiera creerte —me dice.

Intento estirarme un poco a pesar de las ligaduras y gimo ligeramente como si me doliera.

El hombre se saca un cuchillo de caza de la bota y me pasa una pierna por encima. Se agacha y corta la cuerda que me une las muñecas y los tobillos.

Me pongo boca arriba mientras él todavía está encima de mí y me estiro por completo, arqueando la espalda como un gato soñoliento. Le rozo la pierna con un muslo, pero las botas de piel son demasiado gruesas para que pueda influir en él directamente. Inspiro profundamente y suspiro de alivio con mi libertad de movimiento, completamente consciente de cómo esa inspiración llama la atención sobre mi pecho desnudo.

El ranchero traga con dificultad, y veo la erección en su entrepierna. El corazón se le acelera.

—Gracias —le digo, y sigo respirando profundamente. Su olor es increíblemente tentador.

—Dios, qué guapa eres —se le escapa sin querer.

—Tócame —susurro.

—No está... No puedo...

La avidez por tenerlo me empuja y un doloroso vacío interior me arrebata. Lo deseo tanto... mi necesidad es auténtica, no finjo.

—¡Por favor! —le ruego.

Se arrodilla a mi lado y tiende una mano hacia mi cara. Se detiene a escasos centímetros, duda, se lo piensa mejor y se aparta.

Levanto la cabeza al encuentro de su palma. Se la beso y froto la mejilla contra ella como un gato. Mi poder fluye hacia él a través de este contacto inocente. Ya es mío. Ya no hacen falta más palabras. Tócame. Mi beso es puro placer. Saboréame. Sostenme entre tus brazos. Sé que me deseas. Adelante.

Y me obedece, con una intensidad que me sorprende. Noto sus manos fuertes y seguras que me levantan del suelo y me aprietan contra su pecho y su boca que devora la mía. Su lengua me llena y encierra en el puño la espesa melena a la altura de la nuca.

Empiezo a saber qué siente una presa. Gimo en su boca y me aprieto contra la calidez de su fuerte pecho.

Duda, aparta la cara de la mía. Tiene las pupilas dilatadas y oscuras, la mente perdida en la niebla de mi poder. Sacude la cabeza, tratando de aclararse las ideas, intentando con una voluntad de hierro escapar de la trampa que le he tendido. Pero no aparta las manos de mi cuerpo. Tiene una en los hombros y la otra en mi pelo. Envío más poder a través del contacto de los hombros. Mando toda la soledad y el desesperado deseo de mi corazón hacia su cuerpo a través de las yemas de los dedos. Comparto con él sólo una muestra de mi necesidad, y su voluntad de hierro se funde en ese fuego.

Gime, me tira del pelo para que eche atrás la cabeza y hunde la cara en mi cuello, besándomelo y lamiéndomelo y chupándolo, haciendo que me retuerza de placer.

Grito bajito cuando noto que con los dientes me pellizca la piel. El sexo me late, lo noto. La sangre caliente y fresca del caballo me recorre el organismo. Le entrego a este hombre mi hambre mientras estoy atada. Ahora, sé lo que se siente estando indefensa en las manos de alguien que quiere devorarte. Mi cuerpo responde con un escalofrío de excitación y un calor fundente entre las piernas.

Él baja la mano y encuentra ese calor.

El placer de su tacto me hace estremecerme y gemir. Arqueo la espalda y levanto las caderas, empujando el sexo contra su mano, pidiendo más.

Tiene una mano fuerte, de dedos gruesos y callosos. Me acaricia los labios de la vulva abierta, manos rudas sobre carne tierna introduciéndose en el resbaladizo calor húmedo de mi excitación.

El dolor y el placer mezclados me hacen luchar para tenerlo, luchar contra las cuerdas, luchar para acercarme más a él, pero debe parecer que lucho para escapar.

Eso lo excita. Desliza su grueso dedo profundamente en mi interior sin más preámbulos, y su pulgar encuentra el tierno y sensible punto y lo acaricia.

—¡Ah! —grito, y restriego el cuerpo contra su mano. No es suficiente. Más. Quiero mucho más.

Sus labios y su lengua y sus dedos me recorren la clavícula y los pechos y me arqueo todavía más, gimiendo temblorosa y cabalgando su mano.

—¡Fóllame! —le suplico. Quiero sentir cómo me cabalga con mi hambre en su interior y los tobillos y las muñecas atados. ¡Cuántas veces en mi larga vida me he alimentado de otros sin haber experimentado nunca el placer de ser la presa!

Me tiende en el suelo, todavía a horcajadas sobre mí, se arranca la camisa de cuadros escoceses. Los botones saltan. Tiene el pecho muy musculoso y salpicado de vello tan rubio como sus alborotadas greñas. Lo siguiente que se quita es el cinturón. Con manos hábiles se baja la cremallera de los tejanos para sacarse una polla larga y dura, cargada de rica sangre caliente. No se quita las botas ni se saca los tejanos más de lo necesario para empalarme con esa polla hinchada.

Sólo puedo mirar jadeando, porque tengo los brazos atrapados bajo la espalda.

Me agarra por los muslos y me abre las piernas. Las ligaduras de los tobillos se me tensan dolorosamente. Me penetra sin miramientos. El grosor de su pene es un impedimento y tiene que usar la fuerza para hundirlo en mi carne, que se resiste a pesar de la abundancia de flujo.

Abierta de piernas, atada y resbaladiza de excitación, no puedo oponer resistencia.

Se introduce en mí, dilatándome a la fuerza la vagina.

Gimo, al borde de las lágrimas, por la intensidad del dulce y placentero dolor de su brutal penetración.

Se abre camino en mí rápido.

El placer nos conduce rápidamente a un clímax increíble.

Se cierne sobre mí con unos ojos aterradores a causa de mi hambre y su lujuria. Carga su peso sobre un codo y, con la mano del mismo brazo me tira del pelo y me obliga a arquear otra vez la espalda, descubrir el cuello y levantar el pecho; de ese modo cambia el ángulo de penetración y su pene me frota las zonas más sensibles con cada embestida.

No puedo soportarlo mucho tiempo. Es casi demasiado.

Con la otra mano me estruja un pecho, baja la cabeza y me acaricia con los dientes el pezón hinchado.

Es demasiado.

El calor me sube por la cara interna de los muslos como hierro fundido y explota en mi interior. Noto los espasmos y corcoveo de forma incontrolable, todo menos descabalgar a mi jinete. Rompo las gruesas cuerdas de los tobillos y las muñecas como si fueran de papel, le agarro la melena rubia desgreñada y le abrazo la cintura con las piernas para mantenerlo estrechamente dentro de mí.

Me crecen los colmillos mientras mis espasmos le hacen llegar. Un grito violento descarga su propio dolor y su placer a las estrellas mientras me sigue embistiendo, incluso con más violencia que antes, una vez, dos, y noto su pene llenarme de vida líquida y caliente mientras me lleno la boca de su sangre caliente. Sabe a gloria, y le entrego mi éxtasis al alimentarme para compartirlo con él como hemos compartido el orgasmo. Es más poderoso y más increíblemente maravilloso que nada de lo que he experimentado ya sea como humana o como vampira.

Es mejor que volar.

Cuando volvemos a tener los pies en la tierra, le lamo las dos pequeñas punciones y le mando un poco de mi energía curativa para detener la hemorragia.

Me doy la vuelta para ponerme de lado y lo acuno entre mis brazos, manteniéndolo dentro de mí todavía con las piernas.

Vuelve a ser dueño de sus actos. Ya no influyo sobre

él. Le beso con ternura y él me devuelve el beso con pasión. No es sólo mi hambre lo que le lleva a una pasión tan desenfrenada. Hay en él una solitaria necesidad casi comparable a la mía. Cuando me aparto para mirarle, la sorpresa de la primera vez que me vio vuelve a notarse en sus ojos.

—Podrías haberte liberado en cualquier momento —dice bajito.

—Me gustaba ser tu cautiva. —Sonrío.

Tímidamente me devuelve la sonrisa.

—A mí también me gustaba que lo fueras.

—Ya te había dicho que no te mataría.

Se ríe entre dientes.

—Me parece que ahora te creo.

Me gusta su sonrisa. Fue esa sonrisa de asombro y alegría de vivir lo que me atrajo de él. Le aparto una greña de los ojos.

—Esto lo tenías planeado, ¿verdad? —me dice de pronto.

Me limito a sonreír.

Vuelve a reír entre dientes.

Aunque reacia, me aparto de él. Está a punto de amanecer y debo irme.

Me levanto y él se levanta conmigo, tomados de la mano. Sé que no puedo quedarme, pero no quiero que esto acabe. Debe de notárseme en la cara la pena.

—Espera, llévame contigo o hazme como tú —me dice.

—Tú no quieres ser como yo —le digo suavemente, y yo misma me noto en la voz la soledad y la aspereza. Vuelvo a apartarle el mechón de los ojos. Vuelve a caérsele enseguida, pertinaz. Tiene la cara morena y el pelo mechado de oro por la vida al aire libre. Prefiero morir a robarle el sol.

—Tal vez no. —Se encoge de hombros—. Pero quiero estar contigo.

Ya le he entregado todos los placeres de mi vida. Aparte de eso sólo hay soledad y oscuridad. Y el vuelo. Eso me gusta.

Le sonrío y le tiendo los brazos.

Él me sonríe y se me acerca. Le abrazo y le abrigo con mi melena oscura. Le miro a los ojos, esos ojos tiernos, y siento una paz que llevaba mucho buscando pero nunca había encontrado. El deseo y la necesidad que siento ya no están en conflicto. Puedo abrazarlo en mi soledad, a este hombre acostumbrado a la paz del campo, acostumbrado a la tranquila compañía de los animales y los árboles.

Y cuando me elevo de la tierra para cabalgar el suave viento nocturno, veo cómo levanta la vista asombrado y me doy cuenta de que la mayor alegría de mi vida es incluso más intensa si la comparto.

Una noche en Bald Mount

Roz MacLeod

Llevaban juntos un par de años, pero su vida sexual había caído en la rutina. Habían probado juguetes sexuales, consejos de revista y DVDs para posturas eróticas; de todo menos colgarse del techo.

—Unas vacaciones —dijo Steve cuando ella quiso romper con él después del último intento—. Eso es lo que nos hace falta. —Se apoyó en un codo—. Mi tía tiene una casa de campo en Dorset. El clima es siempre agradable. ¿Por qué no le pregunto si nos la alquilaría para pasar un fin de semana largo?

Y dicho y hecho. Tess estaba asomada a la ventana de la casa de campo, mirando los campos rodeados de setos y muros de piedra. Se sentía muy rara. Estaba un poco mareada. ¿Se debía al vino blanco del almuerzo? No estaba segura.

—Un paisaje bonito —comentó.

Steve estuvo de acuerdo.

El corpachón de tía May bloqueó la puerta.

—Sólo he venido a comprobar si habéis llegado bien. ¿Todo bien, queridos?

Tess se controló.

—Estupendo. Un paisaje precioso.

Steve señaló hacia la solitaria colina que dominaba los campos circundantes y el pueblo.

—Esa colina es extraña. Está completamente rodeada de árboles hasta la mitad y luego la cima está pelada.

La tía May se acercó más a la ventana.

—Lo llamamos Bald Mount. En otros tiempos los del pueblo solían subir allí en la noche de San Juan.

—¿Para qué? —preguntó Tess, aunque sospechaba que ya sabía la respuesta.

—Para hacer cosas indecentes, según he oído. Se dice que en esa noche el señor de las tierras podía elegir a una hermosa doncella. De eso hace muchos años, ya sabéis.

Steve sonrió de oreja a oreja.

—¡No me digas! —Entrelazó las manos—. Parece que es justo el lugar que andábamos buscando.

La tía Mary le lanzó una mirada cómplice.

—¿Sí?

Cuando se quedaron solos, Tess se sacó la camiseta y el sujetador. Eligió una camisa sin mangas de gasa verde. Dejaba poco margen a la imaginación y, sin sujetador, los pechos le saltaban como melones maduros.

Mientras se peinaba miró a Steve, que estaba sentado en una silla de mimbre, mirando por la ventana.

—En qué estarás pensando... —le dijo. Le acarició los hombros y le besó la coronilla.

—Esta noche será muy cálida.

—Bochornosa —añadió Tess, intuyendo por dónde andaban los tiros—, sobre todo si nos quedamos en casa.

Él se inclinó, le metió una mano debajo de la camisa y le pellizcó un pezón.

—Hacer el amor bajo las estrellas puede ser divertido. —Le guiñó un ojo.

Tess sintió el peculiar picor que había notado en cuanto habían llegado a la casa de campo. Y no era sólo por Steve. Cada vez que miraba aquel lugar algo se agitaba en su mente del mismo modo que se agitaba en sus bragas.

Fueron en coche a cenar al pub.

Era una espaciosa taberna campestre, a medio camino entre la casa de campo y Bald Mount. Vigas de roble en el techo, cortinas con estampado rojo a juego con la moqueta y mesas dispuestas para cuatro. Tess jugueteó con su fritura de pescado con patatas, pinchó una patata y se la llevó despacio a la boca.

—¿La comida no está buena?

—Es estupenda, pero no tengo demasiada hambre. Hace demasiado calor para comer.

Steve echó un vistazo al ventilador de techo que tenían encima.

—¿No notas el aire?

Tess se desabrochó otro botón de la blusa.

Un hombre alto la observaba desde la barra. Ella se miró la camisa. La llevaba prácticamente abierta hasta la cintura, con los pechos apenas cubiertos. Tuvo la tentación de quitársela del todo y lanzársela a la cara al mirón.

—Tengo una sensación rara en el estómago —dijo.

—¿De nervios?

¿Era de nervios?

—No lo sé.

—¿Por qué será que este pub se llama La última parada?

—¿Cómo voy a saberlo? ¿Por qué no se lo preguntas a un camarero?

Steve le hizo señas al hombre alto, que se acercó a su mesa. Los ojos se le iban al escote de Tess.

—Hace calor —dijo ella. El modo en que él le sonrió hizo que el clítoris se le despertara bajo los tejanos. Le hubiese gustado quitárselos. ¿Por qué no? Hacía demasiado calor para llevar tejanos. ¡A aguantarse! Los otros clientes podían poner pegas. No ese hombre, sin embargo. Tenía los ojos clavados en los suyos.

—¿Está todo a su gusto? —Sonrió con calidez. Tenía una voz untuosa.

—Sí, gracias —dijo Steve—. Nos preguntábamos a qué se debe el nombre del pub.

El hombre esbozó una sonrisa irónica. Tenía el pelo castaño oscuro, un aspecto bronceado y saludable, las mejillas altas y una nariz y una barbilla marcadas. Llevaba una placa con su nombre y su cargo en la camisa blanca: «Alex. Gerente.»

—Aquí es donde solían reunirse los aldeanos antes de subir a la colina.

—¿Es verdad que ahí arriba practicaban sexo? —Steve era todo interés.

Alex asintió con la cabeza.

—Vaya, así que ya han oído la historia. Bueno, no había nadie lo bastante valiente para ir ahí, por eso ésta era la última parada para sus amigos y parientes.

Tess ladeó la cabeza.

—¿Lo bastante valiente? ¿A qué se refiere?

—Algunos nunca volvieron. Algunos nunca quisieron volver.

A Tess un escalofrío helado le recorrió la espalda. Había algo en el modo en que lo había dicho y en su manera de mirarla que le hacía sentir la intensidad de su relato de modo penetrante.

—¿Por qué? —preguntó Steve. La sensibilidad no era su fuerte.

—Celebraban rituales tremendamente poderosos. Esa colina es como una droga. La gente se quedaba. Querían más.

Olvidándose de que llevaba la camisa desabrochada, Tess se inclinó hacia delante hasta que los pechos se le escaparon de la gasa. Se miró los pezones. Se le estaban excitando, los tenía duros como guijarros y le sobresalían tiesos por el escote.

A Alex no se le escapó este hecho. El pene se le hinchó en los pantalones.

Ella casi esperaba que dijera algo, pero no lo hizo. Sin añadir nada más, les volvió la espalda y se alejó.

Se le puso la carne de gallina y la tremenda excitación bajo sus tejanos persistía. Sin pensar, se levantó la blusa y se tocó el arete de oro del ombligo.

—¿Sigues queriendo ir allí? —Steve tenía los ojos clavados en el tentador vello púbico que le sobresalía por encima de la cinturilla de los tejanos—. Cuando lleguemos a la colina será noche cerrada.

Muriéndose por liberar las piernas, Tess se llevó las manos a la cremallera como si fuera a bajársela para revelar sus rizos suaves como plumas.

—Contigo estaré segura —dijo, y suspiró.

Aquello no funcionaría. Su relación había llegado al final y aquél era el último esforzado intento. De algún modo ella sabía que no había remedio y, sin embargo, no podía resistir la tentación de subir a la colina.

Cuando llegaron, en el cielo brillaba el disco plateado de la luna y las estrellas parpadeaban como lentejuelas en una cortina de terciopelo.

—Caminaremos hasta la primera hilera de árboles. Aunque no haya nadie, nos verán si nos acostamos en la hierba.

Steve rio y su risa resonó en toda la colina.

—Ssss —le advirtió Tess, repentinamente nerviosa. Una tontería, porque el lugar parecía desierto y lo único que se oía era el sonido de sus pies mientras subían hacia el círculo de robles.

—¿Aquí? —Steve desplegó la manta del coche sobre la hierba.

Tess olió el aire nocturno.

—¿Hueles eso?

Steve se encogió de hombros.

—Pues no.

—Helecho, mimosa... ¿o es madreselva? Sea lo que sea es maravilloso. —Respiró profundamente.

Se desabrochó el último botón de la blusa, se sacó las sandalias de una patada y se bajó los tejanos.

Sacudió la melena y se quedó allí de pie, desnuda, con las piernas abiertas y los brazos levantados hacia el cielo nocturno, con la brisa acariciándole la piel.

Steve la agarró y ambos cayeron al suelo. Lo intentó con todas sus fuerzas, pero no pasó nada. Ella se quedó insatisfecha, como siempre.

Seguramente se quedó dormida, porque lo siguiente que notó fue un aleteo encima de su pezón izquierdo. Era delicioso.

—Hummm —murmuró. Luego dio una sacudida... un desconocido estaba arrodillado a su lado, con un abanico de hojas.

—¡Steve!

Steve dormía junto a ella. ¿No la oía? Estaba profundamente dormido.

—Tessa, no tengas miedo. —El desconocido le tendió una mano—. Ven conmigo.

Desesperada, Tess le dio un codazo a Steve.

—¡Despierta!

No lo hizo.

—¿No quieres conocer el secreto de la montaña?

Le resultaba familiar. Era como Alex, el gerente del pub, pero distinto.

El hombre continuó, con una voz profunda y seductora.

—Ven. Te daré exactamente lo que necesitas.

Tess dudaba. Se sentía como entre niebla, no del todo consciente de dónde estaba. No debía irse con el desconocido, pero sin embargo algo la impulsaba a hacerlo. ¿Sería porque la había llamado Tessa, como sólo su madre hacía?

Miró una última vez al dormido Steve y se levantó. Su piel rozó el basto tejido de la ropa del hombre. Vestía una túnica ceñida en pliegues a la cintura con un cordón. Un pezón se le enredó en los flecos. El hombre se lo liberó delicadamente con los dedos.

Sentía algo. Se puso a bailar con los pechos bamboleando ante él. ¡Oh, era una delicia sentir tanta libertad! Giró las caderas, adelantó la pelvis y levantó las piernas como una bailarina de can-can. Una mezcla de sudor y anticipación le cubría el cuerpo. ¿Oía mentalmente la música o sonaba cerca?

El hombre le tendió la mano y ella se la dio, notando el destello de un anillo de oro en su dedo corazón. La condujo entre los árboles y la intensidad de la música aumentó: una melodía de flautas y el sordo retumbar de los tambores. El corazón le latía al ritmo de la música mientras él la llevaba hasta el borde del claro.

En el Bald Mount había un círculo de gente con antorchas. Un grupo de hombres y mujeres desnudos que se pusieron a bailar con sensual elegancia dando vueltas.

Los hombres eran fuertes y musculosos, con los penes en erección, de diferentes tamaños pero todos hinchados y duros. «Aquí —parecían decirle—. Elige el mío, y el mío. El mío es el mejor.»

Las chicas se pusieron a frotarse contra ellos.

Tess se quedó con la boca abierta. En un instante estarían todos... en una orgía, una verdadera orgía de sexo emocionante.

Gimió, consciente de que su propio cuerpo reaccionaba a lo que estaba sucediendo. Incapaz de parar, se acarició el clítoris y hundió los dedos en el flujo que le corría abundante piernas abajo.

—Ven —le dijo su compañero, ofreciéndole una mano.

No le hizo falta que la animaran. Estaba a punto de incorporarse a la multitud de danzantes cuando oyó un grito. La música paró. Los danzantes dejaron de bailar.

La silueta de otro hombre se recortaba alta contra el cielo nocturno. Llevaba una corona de oro en la cabeza. Una cadena de plata en el cuello le caía hasta el pecho musculoso. En el antebrazo lucía un brazalete en espiral en forma de serpiente.

El hombre levantó un brazo. Antes de que pudiera darse cuenta, su compañero se había quitado el cordón y la había atado de pies y manos.

—¿Qué haces? —Su voz sonaba muy lejana... y débil, terriblemente débil.

El pánico la invadió. Forcejeó, pero no pudo moverse. El hombre la levantó y la llevó hasta el tocón de un viejo roble, en medio de los bailarines. Se quedó tumbada de espaldas, mirando el cielo nocturno, con las manos atadas a la espalda como en una antigua ceremonia de sacrificio. La música volvió a sonar.

Inspiró el humo de leña de las antorchas.

Los danzantes, hombres y mujeres, le pasaron las manos por el cuerpo con un amplio movimiento de brazos.

Algunos tardaron más, se inclinaron y la tocaron más íntimamente, con más fuerza.

Una chica le tocó el clítoris, acariciándoselo en círculos, despacio y de un modo muy agradable, chupándoselo, dándole golpecitos, despertándolo de su largo sueño.

Aunque no se trataba de Steve, ni era un hombre, Tess gritó pidiendo más.

Un guapo joven moreno de ojos verdes le lamió los pezones y le pasó la lengua por los pechos.

Otro le pasó el pene por el vientre, en descenso, jugó

con los labios de su vulva y su hermoso miembro se alargó en contacto con ella.

Tess levantó las rodillas, exponiendo su sexo y la oscura raja entre las nalgas. ¡Si al menos hubiese tenido las manos libres!

El joven captó su deseo, pero no le hizo el favor. Se quedó a su lado, excitándola con la polla, sosteniéndosela amorosamente como si deseara dársela. Ella lo miró con la boca abierta pasarle la mano por los apretados rizos de vello púbico.

Era egoísta. Agarrándose el pene con una mano se lo sacudió cada vez más rápido. Se tocó los testículos y movió los dedos para exprimirse la polla, hasta que, repleta, soltó un abundante chorro de semen que describió un arco antes de caerle sobre los pechos. Tess gimió. Desesperada de deseo, se escurrió del tocón.

Después de aquello, ¿qué tenían pensado hacerle? Pataleó de miedo. Para su alivio, el cordón se soltó. Con las manos aún atadas y el corazón a punto de salírsele del pecho, echó a correr y tropezó con una mata de hierba. Se cayó y jadeó cuando notó los brazos de un hombre en la cintura y olió su piel impregnada de aceite perfumado. El hombre le desató el cordón de las muñecas y se las masajeó con delicadeza para reactivarle la circulación.

—Tessa.

Abrió los ojos y vio su nariz grande, sus labios carnosos, sus ojos como pozos de negro ónice. Notaba el brazalete de oro en forma de serpiente frío contra su piel. Le apoyó las piernas en los hombros. Si iba a ser su último día en este mundo, ¡que fuera memorable!

—Por favor —le imploró con la sangre hirviendo, la carne temblorosa y la música resonando en los oídos—. Por favor... fóllame...

Arqueando la espalda, hinchando los fuertes músculos, la levantó y se la llevó al bosque. El sonido de los tambores y de las flautas se perdió en la distancia. Rápidamente la dejó en el suelo, la apoyó contra un tronco y la penetró más y más, hasta que sintió el frenesí del orgasmo.

La tendió en la hierba y se puso a chuparle y a lamerle la vulva. Ella se arrodilló y le chupó la polla. Le lamió el glande con avidez, saboreando su dulzura salada, y luego le pasó la lengua por el pene y le chupó los testículos.

Él le recorría los pechos con las manos, le pellizcaba los pezones, se los lamía y le masajeaba el vientre. Tess jadeó y empezó a temblar de nuevo, aplastando la hierba con sus convulsiones.

Él también se corrió y le pasó la polla por la cara. Las gotas de semen le cayeron en las mejillas. Luego le dio la vuelta, le levantó el culo y se lo masajeó, excitándola. Tess gimió cuando le separó las nalgas y gritó de placer cuando le frotó el ano con aceite perfumado y la penetró.

Incluso mientras se la follaba por detrás le hocicaba el cuello y los lóbulos de las orejas, y le pasaba los dedos por la columna vertebral y más abajo, por el pegajoso agujero de la vagina. Él gimió cuando se corrió y ella gritó, llevados ambos al unísono por el orgasmo con rítmica intensidad de taladradora.

Al final, saciada por fin después de tantos meses de insatisfacción, Tess se derrumbó en el lecho de hojas.

Si creía que se había terminado estaba equivocada. Agarrándola del pelo, él le dio la vuelta y la besó en la boca, moviendo la lengua como una serpiente.

Ella se sentó a horcajadas sobre él, con las piernas abiertas, llena de su polla, bañada de sudor y con la sensación de poder correrse siempre. Un orgasmo más, una sacudida más de éxtasis y, de repente, todo cambió.

El hombre se la puso encima y rodaron juntos colina abajo, rodando y rodando.

¿Era ella la que gritaba?

—¿Estás bien? —Steve se inclinaba sobre ella.

Tess parpadeó.

—Estaba soñando. —Tenía el pecho agitado y estaba sin aliento.

—¿Conmigo?

No le respondió y vio que a él eso no le gustaba.

La luna se había escondido. Tess se quitó las briznas de hierba de los pechos y las que se le habían quedado en la cara interna de los muslos. Incapaz de encontrar su blusa, intentó torpemente abrocharse la cremallera de los tejanos. Le dolía todo el cuerpo. Estaba satisfecha, sí, pero quería más. Si hubiera podido quedarse allí, tendida en la hierba y mirando salir el sol por el horizonte... para siempre. Con ellos. Con él. Con quienesquiera que fuesen.

—Vamos —dijo Steve.

De repente Tess sintió la necesidad de contarle lo sucedido.

—He tenido un sueño increíble. ¿Has visto u oído algo o a alguien?

—No. Sólo estábamos nosotros. —Frunció el ceño. Le gustaba compartir las cosas. No le gustaba aquello.

Caminaron con cuidado hasta el coche.

Tess se agarró los pechos para que dejaran de bambolearse. El aire fresco invadía sus sentidos. Habían tenido sexo. Eso era más que evidente. Pero había dos escenarios: el de la habitual familiaridad aburrida con Steve... y el otro.

—¿Cómo te ha ido a ti? —le preguntó.

—Como siempre —le respondió Steve—. Aunque estar al aire libre ha sido un cambio, creo.

Tess subió al coche y se marcharon a la casa de campo en silencio. Más tarde hablaron acerca de su relación. Steve optó por volver a la ciudad. Ella optó por quedarse.

A la noche siguiente volvió al pub.

Alex la vio. No buscó a Steve. Era como si ya lo supiera. Sonrió.

—Veo que ha vuelto. Es decir, esperaba que lo hiciera.

Tess no supo cómo sucedió. Luego se maravilló de lo rápido que suceden las cosas.

Una vez cerrado el pub, él se la llevó a la cama. Tess se relajó en la blandura del colchón.

—¿Qué ha pasado? —le preguntó.

—Que lo hemos hecho. Cuando me enseñaste tus hermosos pechos bamboleantes... bueno, pues eso. A pesar de tu novio, a pesar de los clientes sentados en el bar comiendo bacalao con patatas. Casi te he arrancado los tejanos y te he follado como si no existiera un mañana.

Tess se rio.

—¿Delante de toda esa gente, en el comedor?

Alex entrelazó las piernas con las suyas, pero ella le agarró la mano con el anillo de oro en el dedo corazón.

Le contó lo que le había pasado y su sueño.

—Así que el hombre que me llevó al baile no eras tú.
—Por desgracia, no.
—¿De dónde has sacado este anillo?
—Era de mi padre. Y antes de su padre. Es una herencia familiar.

Tess se sentó.

—Así que soy una viajera del tiempo.

Alex le besó la entrepierna.

—¿Eso importa?

Ella le empujó la cabeza contra el monte de Venus.

—No. No importa. ¿Puedo preguntarte una cosa?
—Lo que quieras.
—¿Qué pasaba cuando el señor de las tierras se había tirado a la doncella escogida?
—Que ella tenía la libertad de tirarse al aldeano que eligiera. A cualquiera, a todos, tantas veces como quisiera, y ninguno podía negarse.
—Pues eso. —Tess sonrió—. Fóllame —dijo—. Fóllame ahora.

Una sirena a la luz de la luna

Alex de Kok

Fue el verano antes de mi último año en la facultad. Había vuelto a casa para las vacaciones. Mi padre estaba trabajando, mi madre en casa y mi hermana Kelly en Europa, con sus amigos, de vacaciones antes de empezar en la facultad en otoño. Dos años en el campus me habían cambiado un poco, estaba inquieto. También sentía vergüenza, porque los compañeros a los que había dejado parecían vivir en un mundo diferente al mío. Así que cogí mis pinturas y me fui a nuestra casa de campo en el lago para salir unas cuantas veces de excursión.

Iba a pasar allí una semana y di un rodeo en coche hasta la tienda para comprar provisiones. Cuando volví oscurecía. Era demasiado tarde para usar el bote. Cruzar el lago en bote es mucho más corto que rodearlo por carretera, aunque mucho más lento. Me quité la ropa, tomé una ducha rápida y decidí acostarme pronto. Pero era verano, hacía calor y, aunque estaba cansado del viaje, no pude dormirme. Era noche cerrada ya y me paseé por el muelle, desnudo. En la bahía sólo hay una casa, la nuestra, y se accede a ella en bote o por el camino privado de la parte posterior, así que no temía que me viera nadie. En cualquier caso, ¿qué más daba? ¿Qué importancia tiene un hombre desnudo o dos hoy en día?

La luna era casi llena y por impulso me subí al bote, icé las velas y zarpé. Hacía un poco más de frío aguas adentro, pero no mucho. La brisa era suave, cálida, y el bote cabeceaba a un par de nudos. Sabía dónde estaban los peligros y no preveía problemas. Veía el resplandor menguante de una fogata en una de las playas de la bahía. Vi siluetas que se movían y las estuve mirando hasta que desaparecieron en la distancia. Cerca de la zona principal de cabañas de veraneo me di la vuelta. Había navegado una buena distancia y sabía que tendría que hacer una bordada.

De repente me sobresaltó un suave saludo.

—¡Eh, Charlie!

Miraba a mi alrededor, preguntándome de dónde provenía la llamada, porque ningún sonido se propaga hasta muy lejos por encima del agua, cuando oí a alguien zambullirse. Agucé la vista en la oscuridad y entreví una silueta que nadaba enérgicamente hacia mí. Viré a barlovento y acorté distancias. De unas cuantas brazadas, quien nadaba estuvo al costado del bote y una cara familiar me sonrió por encima de las manos con las que se asía a la borda.

—¡Hola, Charlie, sorpresa!

—¡Sally! Qué haces... quiero decir...

—¿Qué hago aquí? Estaba esperándote.

—¿A mí? ¿Por qué?

—He reconocido el bote y he supuesto que serías tú.

Me he figurado que volverías, así que te he esperado y luego me he acercado nadando. ¿Puedo subir a bordo?

—Pues claro. —Le tendí una mano para ayudarla a subir y, cuando recordé que iba desnudo vi que ella también lo estaba. La oscuridad disimuló mi rubor y me apresuré a arriar las velas. La brisa era suave y no iríamos demasiado a la deriva. Sally Jansen se acomodó y me sonrió de oreja a oreja. Estaba cómoda desnuda. Era un año menor que yo y nos conocíamos desde siempre. Me había ido detrás durante años, cuando era una flacucha poco femenina. Pero cuando estuvimos cerca de la veintena y empecé a salir, se alejó de mi vida.

Se aclaró la garganta.

—Charlie, ¿puedo pedirte un favor?

—Claro.

—¿Te alojas en la casa de campo?

—Sí. Una semana o dos. Hasta que me harte, supongo.

—¿Solo?

Asentí con la cabeza.

—Sí. Yo solo.

—¿Puedo pasar contigo hasta el fin de semana que viene? Contribuiré a pagar los gastos.

—¿Puedo preguntarte por qué?

—Vinimos nueve a pasar la semana, pero los otros están todos emparejados. Yo todavía no quiero volver a casa, pero me siento un poco fuera de lugar. —Hizo una mueca—. No hago más que oír ruidos de gente follando.

Me reí, repentinamente celoso.

—Sí, puedes quedarte. ¿Tienes saco de dormir?

—Sí.

—¿Qué te parece si te recojo en el muelle principal por la mañana?

—Fantástico. ¿A eso de las diez?

—Vale... si los vientos me lo permiten.

Sonrió feliz, se inclinó hacia atrás y me paré un momento a mirarla. Casi me sorprendió cuando habló.

—¿Haces algo de particular aquí, Charlie?

Me encogí de hombros.

—Pinto. —Me permití mirarla otra vez, teñida de plata por la luz de la luna. Delgada, atlética, hermosa. Envalentonado por la oscuridad le dije:

—Me gustaría pintarte así como estás ahora.

El tiempo se detuvo y contuve el aliento. Ella se limitó a mirarme un buen rato.

—¿Desnuda?

Inspiré profundamente y asentí con la cabeza.

—Sí.

Otra pausa y, cuando habló, lo hizo con una voz suave.

—¿Sabrías pintarme de manera que nadie pueda reconocerme?

—Es fácil.

—Entonces, vale. —Sonrió, y luego dijo, más en serio—: ¿Cómo está Nancy?

—Se marchó. Se fue a la Costa Oeste para intentar ser actriz.

Mi ex. Echaba de menos su cuerpo espléndido, su entusiasmo por el sexo. Me había dado cuenta de que no echaba de menos su cerebro de mosquito.

—Me alegro —dijo Sally tranquilamente.

El corazón me dio un brinco y la vida empezó a parecerme agradable otra vez. Sally se puso de pie, magnífica a la luz de la luna.

—¿Qué más haces, aparte de pintar?

Me encogí de hombros.

Sally sonrió burlona.

—Estoy segura de que se nos ocurrirá algo —dijo, y se zambulló para nadar hacia la orilla. Me quedé mirando incluso después de que hubiera desaparecido en la oscuridad y luego me reí, icé las velas y regresé viento en popa a mi casa.

Era temprano por la mañana, apenas pasadas las nueve y media, pero ya estaba en el muelle esperándome, con la mochila y el saco de dormir, esbelta y atractiva, con una camiseta sin mangas, pantalones cortos y unas zapatillas viejas sin calcetines.

Saludó cuando vio el bote y distinguí su sonrisa desde cien metros de distancia. Sujetó la proa mientras yo arrimaba la embarcación al embarcadero, pero a mí no me importaba que nuestro viejo bote se diera otro golpe. Mi padre y yo nos asegurábamos de que no entrara agua y de que las jarcias estuvieran en buenas condiciones. Aparte de eso, el bote era un juguete. Un juguete divertido, que debía ser seguro, pero un juguete.

—Buenos días, Charlie. Llegas temprano.

—Tú también.

Sally me hizo una mueca.

—Caroline y Blake se estaban morreando de lo lindo. Me ha parecido mejor marcharme temprano. —Rio—. Apuesto a que ya estaban follando antes de que yo llegara al muelle.

—¿Blake Thurman?

Sally asintió con la cabeza.

Fruncí el entrecejo.

—¿Caroline?

—¡Ah, claro! Olvidaba que has estado fuera. Caroline Hendrix. Ella y su familia se trasladaron a la vieja casa Foulkes hará unos seis meses.

—Bueno. Ya veo. Me parece que no conozco a ninguna Caroline. ¿Estás lista?

—Siempre lo estoy. ¡Sácame de aquí!

Al cabo de un par de minutos, con la mochila y el saco de dormir a bordo, nos alejamos del embarcadero e icé el foque para alejarnos de los otros barcos antes de izar la mayor. El viento había cambiado un poco. Hacía buen tiempo, así que, una hora después de haberla recogido, Sally se bajó en nuestro muelle, mirando con curiosidad a su alrededor como si no lo hubiera visto nunca. Había llevado allí a Nancy un par de veces, pero a ella no le interesaba el lugar y nos pasábamos la mayor parte del tiempo en la cama. No es que me quejara, porque Nancy era una folladora de primera, pero me alegraba de que se hubiera cansado de mí antes de que yo me hubiera cansado de ella. Así compartíamos los amigos. Nancy tendía a meter cizaña. Sin embargo, yo no le deseaba ningún mal.

—¿Dónde voy a dormir, Charlie? ¿Puedo dejar mis cosas? ¿Luego nos damos un chapuzón?

—Me apetece. Dentro, la segunda puerta a la izquierda. ¿Te apetece un café antes de ir a nadar?

—Mejor después.

—Vale. Te espero aquí fuera tomando el fresco. —Retrocedí otra vez hacia el muelle, disfrutando del día. No estaba seguro de lo que Sally había querido decir cuando me había soltado que «ya se nos ocurriría algo», pero esperaba que se refiriera a algo íntimo. Fuera como fuese, era un placer mirarla y una buena compañía, me recordé, porque estaba contento de que estuviera conmigo aunque fuese de un modo platónico.

—¿Charlie? —me llamó desde la casa.

—¿Sí?

—¿Alguien puede vernos aquí?

—No, a menos que tenga llave de la puerta. Es una carretera privada. El único otro modo de acceso es en barco, y no hay ni uno a la vista. ¿Por qué me lo preguntas?

—Porque voy desnuda —dijo, saltando al muelle. La miré fijamente, no pude evitarlo, y Sally se puso colorada, pero no se dio la vuelta ni intentó cubrirse—. Dijiste que querías pintarme desnuda, Charlie. ¿No te acuerdas?

—Me acuerdo —dije—. Sally, estabas preciosa anoche a la luz de la luna, pero aquí, ahora, a plena luz del día, me parece que eres lo más hermoso que he visto en mi vida.

Sonrió y el rubor cedió.

—¿Incluida Nancy?

Asentí.

—Incluida Nancy.

Sally estaba despampanante, sin duda alguna. Era alta y esbelta, de cintura y caderas estrechas, pero con un culo inconfundiblemente femenino. No tenía las tetas particularmente grandes, pero sí bien formadas, respingonas. Tenía los pezones duros, me fijé. Se había soltado la habitual cola de caballo y la melena le caía suelta sobre los hombros, de un rojo oscuro que hacía juego con la mata de vello púbico, recortado hasta la marca del bikini.

—Charlie, deja de mirarme. Para ya.

—Perdona, Sally, pero eres demasiado guapa.

Sonrió, con una sonrisa que le iluminó el rostro.

—No quiero que no lo aprecies, porque quiero que me pintes. Tú lo propusiste en el bote anoche. Quiero ver cómo quedo si me retratas. Sé que sabes pintar, he visto tu trabajo, ¿recuerdas?

—Sí, lo recuerdo.

—Bueno, ¿entonces?

—Creía que querías darte un baño.

—Y quiero. Yo creía que tú querías pintarme desnuda.

Me reí.

—Y quiero, pero no estoy seguro ni de cómo quiero que poses. Sally, vas a estar aquí casi una semana, más si quieres. Deja que me lo piense. De momento, ¿qué tal un chapuzón?

Sally asintió.

—A nadar. —Volvió a sonreír, juguetona—. Pero desnúdate tú también, que yo me quedo desnuda.

Me tocó a mí el turno de ruborizarme, porque estaba reaccionando físicamente a su belleza y se me estaba empinando.

—¿Estás segura de querer ver mi asqueroso cuerpo?

Asintió.

—Tú me has visto a mí, lo justo es que yo también te vea.

—Anoche me viste.

—No te vi bien, estaba demasiado oscuro. Tú sí que

me viste, porque me iluminaba la luz de la luna, pero yo no te vi, porque estabas de espaldas a la luz. Vamos, Charlie, ¡todo fuera!

No es que llevara mucha ropa encima. Unos pantalones cortos y una camiseta. No me había puesto calzoncillos porque hacía calor, así que no tardé en desnudarme ni tres segundos. Tenía la polla medio empinada y Sally le clavó los ojos cuando me bajé los pantalones. La miré y ella me miró, con dos rosas de rubor en las mejillas. Sonrió, con una mirada cálida.

—Qué bonito, Charlie.

Conseguí tragar saliva y le tendí la mano.

—¿Nadamos?

Asintió.

—Vamos a nadar. —Hizo una pausa—. Charlie —me dijo bajito—, si te sirve de ayuda, que sepas que yo estoy excitada. —Se dio la vuelta, corrió ligera por el muelle y se zambulló en el lago. La miré y luego sonreí para mis adentros. La semana se presentaba agradable. Corrí y me zambullí también.

Nadamos un rato, disfrutando del agua fresca y de la mutua compañía. Al final estaba disfrutando de tenerla allí, y ella parecía contenta de estar conmigo. Llevábamos posiblemente media hora en el agua cuando nos subimos al muelle y nos sentamos juntos con los pies en el agua.

—Será mejor que no nos quedemos aquí sentados mucho tiempo —le dije—. El sol es fuerte y no quiero que te quemes.

—Charlie —me dijo—. Estamos solos los dos aquí, así que ¿te importa si tomo el sol desnuda? Me gusta ponerme morena toda entera, si es posible.

—Una de las chicas más encantadoras que conozco me pregunta si puede estar a mi lado desnuda... ¿y se supone que voy a negarme? Ni lo sueñes, Sally. Claro que puedes. También me gusta estar desnudo, sobre todo con este calor, si no te importa...

—A mí no. Tendremos nuestro propio club nudista. Exclusivo. Sólo para nosotros.

—Me parece bien. Te había prometido un café. ¿Quieres uno o prefieres tomar algo frío? Tengo gaseosa y cerveza en la nevera.

—Es demasiado temprano para tomar cerveza y hace demasiado calor para tomar café. Una gaseosa me apetece.

—Sírvete tú misma.

Se rio.

—¡Eh! Acabo de llegar, ¿recuerdas? ¡Ni siquiera sé dónde tienes la nevera!

—¡Oh! Vamos, te lo enseñaré.

La cabaña no era enorme. Un salón amplio ocupaba casi toda la parte frontal, de cara al sol, con un porche que daba sombra a las ventanas. La cocina estaba en un extremo, con un comedor anejo. Teníamos unos fogones de propano y una nevera. También dos dormitorios, uno de ellos doble, el que yo usaba porque me gustaba, y otro pequeño con dos camas en el que se había instalado Sally, con un baño entre ambos. Algo sencillo pero cómodo.

Saqué un par de gaseosas de la nevera y me volví hacia Sally. Silenciosa con los pies descalzos, se había acercado más de lo que yo esperaba y, cuando me di la vuelta, chocamos.

Se agarró de mi brazo para no caerse, retrocedió y de pronto la tuve encima, con los pechos contra mi brazo, la cara a escasos centímetros y mirándome fijamente. Me quedé quieto un instante, luego me incliné hacia ella despacio, para darle tiempo a darse la vuelta. Vi cómo se le alegraban los ojos y, mientras me acercaba, me ofreció los labios.

El beso fue suave al principio. Aprendimos a reconocer el sabor del otro hasta que Sally se apartó. Iba a protestar pero no llegué a hacerlo porque me cogió las gaseosas de las manos y las dejó en la mesa de trabajo, me abrazó el cuello y volvió a besarme, esta vez más apasionadamente, con la boca abierta. Respirábamos los dos el aire del otro, saboreábamos su boca, con el fuego creciendo en nuestro interior a la par que se me ponía dura. Mi erección progresaba mientras la chica desnuda que tenía entre los brazos se apretujaba contra mí. Me moví torpemente, pero ella me apretó todavía más contra sí un momento y luego paró de besarme, con una sonrisa leve en la cara, para mirarme.

Asintió.

—Sí, Charlie. Antes de que me lo preguntes, la respuesta es que sí.

—¿Estás segura?

—Claro. Lo estuve anoche en cuanto me contaste lo de Nancy. Dios, ¡qué celosa estaba de ella!

—¿Celosa? Pero ¿por qué?

Sally me clavó los ojos.

—Porque ella se metía en tu cama y yo no.

—Ya no —le dije, con un estremecimiento de puro placer recorriéndome de pies a cabeza.

—¿Te refieres a que ella ya no se mete en tu cama o a que no voy a meterme yo?

—Tú te meterás, si quieres.

Sally sonrió.

—Sí que quiero. ¿Ahora?

Me incliné hacia ella y la levanté. Se echó a gritar junto a mi oreja cuando me volví hacia el dormitorio. La besé.

—Ahora me parece bien. De hecho, es un momento estupendo.

En el dormitorio la dejé tendida en la cama y me tendí a su lado, apoyado en un codo. Le puse una mano en el vientre un momento y sonrió, me la tomó y se la llevó hacia el pecho. Lo tenía suave pero firme, maleable pero duro contra mi mano, con el pezón tieso. Se lo acaricié, disfrutando de la suavidad de su piel, inclinándome de lado para lamerle y besarle el pezón. Tembló cuando se lo mordisqueé y me agarró del pelo para levantarme la cabeza y besarme de nuevo. Sin dejar de hacerlo, me quitó la mano del pecho y se la llevó hacia abajo. Dejé que me la bajara por el vientre y hacia el vello púbico.

Noté su calor y pude oler su excitación. Deslicé los dedos en el calor y la humedad de su entrepierna. Mecánicamente, me parece, se abrió de piernas, dejó de besarme y se quedó mirándome fijamente mientras me llevaba los dedos a la nariz para olerla, y luego a los labios para probar su dulzura salada.

—Ya te había dicho que estaba excitada —me susurró—. Ahora, Charlie, por favor. ¿Ahora?

Me situé de rodillas entre sus piernas, con el pene tieso e hinchado por delante. Se le notó que lo deseaba cuando me dispuse a penetrarla y un suave jadeo suyo me impulsó a hacerlo. Sólo me moví un poco y luego me retiré para que el flujo se repartiera y la lubricara. Volví a empujar, más adentro esta vez, dudando un poco, pero no hubo obstáculos ni resistencia, y sentí una breve punzada de celos por quien la hubiera poseído antes que yo.

Fue como si me hubiera leído el pensamiento porque cabeceó con una sonrisa cálida y dulce.

—Con el consolador, Charlie. Me desvirgué yo misma con el consolador —me susurró, sosteniéndome la mirada—. Quería que fueras tú el primero y quería estar lista para cuando fueras libre para hacerme el amor. —Se irguió a medias para besarme—. Tú has sido el primero, Charlie. Te esperaba, porque sabía que un día me considerarías una verdadera mujer.

—No sé qué decir.

Sonrió, cabeceando.

—No hace falta que digas nada, Charlie. Simplemente, fóllame, ámame, lléname. —Era como si me estuviera leyendo otra vez el pensamiento—. Lléname, Charlie, llevo protección.

Ya la había penetrado del todo y empecé a moverme, retrocediendo hasta casi salirme y luego empujando a fondo, notando que me movía con más facilidad, saboreando el resbaladizo calor ceñido a mí, disfrutando de deslizar la polla en su interior, oliéndola, oliendo el sabroso aroma de mujer supercaliente dispuesta para su amante, con una película de sudor formándose entre ambos por el calor del verano, con el sonido de nuestro gozo audible en el silencio del dormitorio.

Sally respiraba aceleradamente, casi jadeaba, y mientras la embestía, me retiraba, embestía de nuevo, su respiración se fue acompasando a mi ritmo. La oía respirar y me di cuenta de que estaba diciendo «sí, sí, sí...», de un modo casi inaudible, cada vez que entraba en ella. Tenía los ojos cerrados y las manos apoyadas en mis hombros. Cambié ligeramente el ángulo de penetración para aumentar la fricción y mis embestidas se hicieron más audibles. Teníamos la frente empapada de sudor.

Aquello no iba a durar mucho más. Yo no aguantaría. Sally jadeaba ya con cada embestida y el antes casi inaudible «sí» se oía perfectamente, era un grito cuando noté la profunda, profundísima, casi dolorosa sensación previa al orgasmo crecer en mí. Antes de que pudiera avisar a Sally, sin embargo, noté como su vulva se cerraba sobre mi polla. Gritó fuerte y se estremeció llevada por el remolino de su propio orgasmo. Sus contracciones me llevaron al borde de sacudir las caderas por instinto, viviendo esa pequeña muerte del orgasmo. El clímax me sacudió por entero, con el pene sumergido en Sally respondiendo mecánicamente a su ordeño vaginal.

Gradualmente, poco a poco, nos tranquilizamos. Nos unía una dulce humedad, dos pares de pulmones esforzándose por extraer oxígeno del aire. Sally abrió los ojos y me miró fijamente con una sonrisa que le iluminaba la cara entera. Se incorporó y me dio un beso breve.

—¡Caray! —exclamó.

Me reí y asentí.

—Caray, no está mal. Puedo sacarte otro.

—Ha valido la pena esperar, pero ahora me he enviciado. No sabía lo que me perdía, pero ahora que lo sé quiero más.

La besé.

—Entonces ya somos dos, cariño. —Me puse un poco más cómodo porque sabía que no podría quedarme mucho tiempo dentro de ella—. Será mejor que la saque con cuidado antes de que se me encoja.

Sally hizo un mohín.

—Entonces vuelve pronto.

—Lo haré. —La saqué y me dejé caer boca arriba a su lado.

Nos quedamos tumbados juntos, relajados después de un buen polvo. Había creído que Nancy era buena y lo era, pero me estaba dando cuenta de que en el sexo se ponía ella en primer lugar, a mí después. Sólo una vez con ella y ya sabía que Sally quería que disfrutáramos los dos. La miré, sonrió y me mandó un beso.

—Ahora me dormiría —murmuró.

—¿Por qué no?

Sonrió.

—¿Ya no piensas en el retrato? —me dijo.

—Sí que pienso. Quieres que te pinte de manera que nadie te reconozca, ¿no?

Hizo una mueca.

—Espero. No es por mí. He visto tu trabajo y me parece que me pintarás lo suficientemente bien como para que me sienta orgullosa de que me reconozcan. Es por mi padre. Le daría un pasmo. Creo que a mi madre le parecería bien, pero no a papá.

—Vale. No hay inconveniente. La curva de la cintura y la cadera de una mujer desnuda, recostada, tanto vista de espalda como de frente, siempre me ha parecido una de las curvas de la naturaleza más maravillosas. Así que, ¿cómo quieres que te pinte? ¿De frente o de espalda?

Se rio.

—De las dos maneras. De frente para ti. De espalda para tu carpeta de trabajos. ¿Vale?

—Muy bien. Date la vuelta y ponte cómoda. Duérmete si quieres. Tomaré un par de fotos con la cámara digital y cogeré mi bloc para bocetos.

—Y... cuando hagas una pausa... ¿qué pasará?

Sabía qué respuesta esperaba.

—Haremos otra vez el amor.

Sally sonrió cálida y cariñosamente.

—Bien —dijo.

LA ESTRELLA DE LA NOCHE

Kitti Bernetti

Es gracioso cómo a veces te dejas llevar por las fantasías.

En mi caso siempre fantaseo con lo inalcanzable.

Cuando era un niño en edad escolar, de once años, con unos pantalones que parecían peleados con mis tobillos y una chaqueta hecha a medida para King Kong, fantaseaba con Casey Blackwell. No sólo fantaseaba, estaba obsesionado con ella las veinticuatro horas del día. No sólo porque con aquellos pechos completamente formados y esos ojos invitadores contribuía un poco a ello, sino porque había cumplido los dieciséis y yo tenía tantas posibilidades de salir con ella como de convertirme en presidente de Estados Unidos.

¡Ah, y dicen que las mujeres son veleidosas!

Ahora soy mayor, mido casi dos metros y no tengo ni un grano. Si mirara a Casey seguramente caería rendida a mis pies. Sólo que, si lo hiciera, ya no la desearía.

¡Cómo cambian las cosas! Pero yo no cambio. Todavía fantaseo con mujeres con las que tengo tantas posibilidades de acostarme como de que el mundo deje de girar. Como la abogada que llevó mi divorcio. Con ese cerebro que debía ir envuelto para regalo y los ojos tan azules como el destello del ala de un arrendajo pero de mirada tan fría como el mármol incluso en plena ola de calor. Sé que no es lo habitual encapricharte de tu abogada divorcista cuando se supone que estás hecho polvo porque se ha acabado un bonito matrimonio. Pero acabar con aquel matrimonio fue un alivio para los dos. Nos casamos demasiado jóvenes y le dedicamos diez años antes de darnos por fin un billete sólo de ida.

Supongo que ésa es una de las razones por las que ahora estoy sentado en esta habitación de hotel de las afueras de una ciudad cuyo nombre apenas sé pronunciar. He tenido un buen día de negocios, he conseguido unas cuantas ventas y una buena descarga de adrenalina... pero no tengo con quien compartirlo. Estoy tendido boca arriba sobre una colcha verde que ha visto a tantos clientes como para llenar el estadio de los Yankees, con una tarjeta de visita en la mano que llevo sobando dos horas, preguntándome si levantar el auricular. Entiéndeme. Nunca he hecho nada parecido en la vida. Siempre le fui fiel a mi mujer. No creo en la infidelidad. Podría haberle sido infiel diciéndole que salía con un compañero pero nunca lo hice, ni una sola vez. Sin embargo, ahora estoy libre y en un lugar que me pone tan cachondo como un marinero la noche que llega de permiso a puerto.

¿Crees en las coincidencias? Yo no creía en ellas hasta hace cinco minutos, pero ahora creo. Verás, para mí lo más fantástico sería pasar una noche con una estrella de cine. No como las de ahora, escuálidas y con ojos de

Bambi, como galgos a la carrera. Me gustan las estrellas al estilo de los años cincuenta, con curvas de montaña rusa y el pelo tan rubio que no hay ninguna posibilidad de que los rizos no sean de bote.

Marilyn, ella es lo máximo para mí. Marilyn Monroe. Con sólo pronunciar su nombre, con tenerlo en la lengua, me excito un poco. Seguramente no es sólo lo más bello y sensual que haya andado sobre dos piernas, es una leyenda, y además, como pertenece al mundo de lo inalcanzable, me pone a tope.

Lo que explica por qué, por primera vez en mi vida, estoy pensando en pagar por echar un polvo. Verás... el servicio que se ofrece en esta tarjeta que estoy enrollando entre el índice y el pulgar es, en cierto modo, algo fuera de lo común.

Nunca he pagado hasta ahora, no me ha hecho falta. No es que quiera presumir, pero no soy nada feo. Hago ejercicio a diario, esté en el hotel que esté, y como sano. Estando en la carretera es fácil comer basura, pero yo no lo hago. Soy un tipo de bistec con ensalada, agua fría y fruta. Supongo que por eso tengo buen cutis y además me pongo moreno con facilidad gracias a mis genes sicilianos.

¿Por qué le doy tantas vueltas al asunto? Pues creo que es porque llamar a una chica para tener sexo y pagarle no forma parte de mi código de conducta. Sobre todo si se parece tanto a Marilyn como la chica de la tarjeta. «La estrella de esta noche», se llama la agencia de acompañantes. «Como las estrellas de Hollywood», reza la propaganda. La mayoría son aspirantes a estrella que no lo han conseguido pero que tienen que hacer algo para ganarse la vida. Marilyn va en cabeza, pero la siguen Vivien Leigh, Marlene Dietrich y Mae West. Todas están bien, son mujeres guapas y muy parecidas a las auténticas. Pero mi fantasía hecha realidad es Marilyn. Si no está disponible saldré a correr, me tomaré una ducha fría y, si con esto no consigo calmar mis ansias animales, me haré una paja. Sólo la mejor, la más inaccesible, será mía.

Levanto el auricular y marco.

—Hola, ¿qué desea?

Dudo, y sacudo la cabeza incrédulo. Esa vocecita ronroneante, como de niña pero en absoluto infantil... Seguramente han hecho un trabajo estupendo para que parezca Marilyn. Esta chica tiene que haber entrenado la voz hasta quedarse afónica.

—¿Eres Marilyn? —le pregunto.

—Por supuesto —me dice con una risita—. ¿Quién si no? ¿Me buscabas a mí, no?

—Pues sí, de hecho así es. Estás... ¿estás libre esta noche?

—Claro. Dame tu dirección e iré para allá.

Tan fácil como eso. Me pongo como un loco a ahuecar los almohadones de un sofá en el que ni siquiera me he sentado y a arreglar el desorden de la habitación. En el fondo sé que no se parecerá verdaderamente a Marilyn, que tendré que apagar las luces y fantasear para que parezca a la auténtica. No me gusta cerrar los ojos cuando hago el amor, pero con sólo escuchar esa voz mi imaginación aportará lo que no haya logrado aportar el maquillaje. Llaman a la puerta. Voy a abrir, poniéndome la corbata y esperando que me guste la actuación de la chica que está al otro lado de la puerta. A lo mejor se pone caliente fingiendo ser otra persona. «No seas estúpido —me digo—. Es una puta, no se pone caliente. Su trabajo es asegurarte de que tú lo estés.» No tendrá que esforzarse demasiado. Casi me corro sólo de pensar en ella.

Abro la puerta. Allí, en la penumbra del estrecho pasillo, está la visión más suprema de mujer que he tenido el placer de contemplar. Lleva un vestido blanco palabra de honor que se sostiene por pura magia, o quizá sea el magnífico par de tetas lo que lo ayuda a desafiar la gravedad. La tela, muy fina, se transparenta sólo lo justo para que se marque la silueta femenina. Se le adapta a los contornos como el film transparente de una bandeja de peras. Veo perfectamente sus curvas bajo el tejido. Redondas, turgentes, descaradas. Posee esa cualidad tan excitante de fulana lujuriosa.

Tengo que apartar los ojos de su tipo para mirarla a la cara. Es increíble. Jadeo y se me escurre la mano del pomo de la puerta porque me quedo atónito. Es la viva imagen de Marilyn. El término «doble idéntica» me viene a la cabeza. Una vez tuve un amigo que juraba que un día había visto a una chica que trabajaba en su misma oficina en el andén opuesto de una estación. La había saludado y llamado a gritos, pero ni siquiera había parpadeado: se había subido al tren y había desaparecido. Cuando volvió al trabajo la llamó para saber por qué lo había ignorado de aquella manera. Entonces se enteró de que había estado de vacaciones en otro continente. Apenas podía creerlo, pero a partir de entonces creía que todos tenemos un doble. Y, mirando a esta chica, yo también lo creo. Pone la boca en una «o» perfecta, reluciente de pintalabios rojo brillante. Tiene los párpados pesados y entrecerrados, con la raya negra. Las cejas depiladas en arco le dan un aire completamente despierto que tiene sobre mí el efecto de las luces de un coche que ciegan un gato salvaje.

—¿Vas a invitarme a entrar?

Otra vez esa voz: la cuidadosa pronunciación de cada palabra que articulan sus labios con aquella estudiada forma de hacerlo de Marilyn. Se me aflojan las rodillas cuando me aparto para dejarla pasar y la contemplo admirado contonearse por la habitación. Sus nalgas me recuerdan un caballo de carreras que vi una vez. Orgullosas y turgentes bajo la apretada tela, se bambolean como si estuvieran en un mar picado. Fascinado, la miro darse la vuelta y sentarse en la cama. Creo estar enamorado hasta que veo que me hace un guiño. Ahora estoy anonadado: el lento guiño de complicidad; las tremendamente largas pestañas, que le rozan la piel sedosa de la cara... Fascinado, me pregunto si no se habrá sometido a cirugía estética para ser una doble tan perfecta. Luego me digo que tanto da, dejo de hacer cábalas y me dedico a disfrutar de ella.

—Siéntate, tiarrón —me dice burlona.

No le tengo en cuenta el tópico. Se lo perdonaría todo.

—Eres magnífica. —Sé que es una ridiculez, pero se me escapa, tengo que decírselo. Es completamente cierto. Me siento en la cama, en el lugar que ella palmea, y la miro cruzar las piernas ligeramente bronceadas para permitirme ver los muslos por el corte de la falda. Vi una vez una película en la que Cyd Charisse bailaba con Gene Kelly. Cada vez que giraba se le veían un poco las bragas blancas ajustadas a un culo tan redondo como un melocotón maduro. Era una coquetería, algo premeditado. Lo consideraba lo más sexy que había visto hasta que me he sentado al lado de esta chica que cruza y descruza las piernas. Sólo sé que lleva la misma clase de bragas que entreví en la película. Juraría que he muerto y estoy en el cielo.

Marilyn se me acerca, me coge la mano y se la lleva al muslo.

—Eres clavadita a Marilyn —empiezo a decir—. ¿Cómo es que no haces películas o algo parecido? —le suelto.

Ella levanta un dedo de uña carmesí y me lo apoya en los labios. Luego se inclina y me achucha con las tetas susurrándome al oído:

—A veces es mejor acostarse y aceptarlo en lugar de hacer preguntas. Yo me lo paso bien. Espero que tú te lo pases bien. ¿No basta con eso?

Mientras le paso la mano por el muslo, subiendo y desplazando la tela de la falda, asiento, sin habla. Cuando noto su mano en la nuca tirar de mí, uno mis labios a los suyos y noto su boca en la mía. Cuando inspiro, huelo lo inconfundible. El aroma de Chanel N.º 5 me invade las fosas nasales. Me empuja y me derrumbo en la cama como si cayera en un abismo.

Nos besamos y ella me deja que le baje el vestido.

—Quiero verte —le digo—. Por favor, ponte de pie.

Sonríe. ¿Es por la educación con la que, sin poder evitarlo, he tratado a esta diosa? Sea por lo que sea surte efecto. Se pone de pie frente a mí. Yo sigo en la cama, contemplando la soberbia visión que tengo delante. Ella tira del vestido con un pequeño contoneo y la prenda se le desliza piernas abajo hasta los tobillos. Lleva unos zapatos blancos de tacón alto con la punta abierta y las uñas pintadas relucen en la penumbra. Sale del vestido de una zancada. Sin ella dentro, es como el capullo informe de una oruga cuando la mariposa lo abandona. Yo tenía razón. Se queda en bragas. Una prenda elegante que le llega hasta la cintura cubriéndole un vientre plano de niña, en perfecto contraste con el culo respingón. Levanto la mirada y veo que no llevaba sujetador. La piel lechosa de sus grandes pechos gloriosos resplandece. Inclina hacia delante la cabeza, dejando que los rizos plateados le caigan sobre los ojos y luego, levantando los brazos, se pone las manos detrás de la cabeza y se sujeta la melena. Levanta la cara y hace un mohín. Juraría que disfruta de cada instante mientras adopta la postura de modelo de los cincuenta, con un pie de punta delante del otro y una sonrisa que está pidiendo que te la comas.

Incapaz de esperar más, me levanto, le pongo una mano en el trasero y la levanto riendo. La dejo en la cama. Al momento siguiente estoy encima de ella, cubriéndola de ávidos besos. Al otro ella se sienta encima de mí, con el pelo rubio haciéndome cosquillas en el pecho y esos ojos morosos fijos en los míos. Tiro de ella hacia abajo, engancho con el dedo las bragas ceñidas y se las bajo por las caderas, sonriendo cuando veo que es una rubia natural. Ansioso y con el pene duro como una piedra, no puedo esperar más para penetrarla. Noto cómo me envuelve en sus brazos. Siento una erección casi dolorosa, como nunca he experimentado con otra mujer. El corazón me late y noto la sangre corriendo por mis venas. De repente soy Superman y Action Man. Soy

Julio César y todo el maldito Sacro Imperio Romano marchando hacia la victoria, tanta es la potencia sexual que siento encerrado en su abrazo. Tengo los músculos tan tensos que podría levantar el peso de veinte hombres. Miro esos ojos líquidos que me evalúan y se entrecierran despacio como los de un gato. Me corro en un estallido de satisfacción que la hace temblar y suspirar de un modo que me indica que sabe el poder que ejerce sobre mí y lo disfruta.

Me deja en la cama, derrotado como un soldado tras la batalla. Se levanta y se pone primero el vestido y luego los zapatos.

—No te vas, ¿verdad? —Me siento, desesperado por tenerla el mayor tiempo posible—. Quédate, por favor. Hablaremos. Me gustaría saber más cosas acerca de ti. Te pagaré lo que sea.

Miro cómo se acerca al espejo mientras se arregla el pelo y me levanto, envuelto en la sábana todavía caliente.

—Eres un encanto. No puedo quedarme —me dice. Tiene los labios incluso más bonitos ahora que no lleva pintalabios. El pelo es más encantador ahora que va despeinada. Está de pie, de espaldas a mí. Me acerco para ver el reflejo de su cara en el espejo y me quedo boquiabierto.

No hay ningún reflejo en el espejo aparte del mío. Estoy de pie, solo en la habitación. Se vuelve a mirarme, me manda un beso y me dice:

—Lo siento mucho, pero no puedo quedarme.

Sin habla, miro cómo atraviesa el muro como si fuera una cortina de cuentas y me quedo solo.

PINCELADAS DE CARNE

J. Carron

El inspector jefe está de un humor de perros cuando entran en su oficina. Da una profunda calada al cigarrillo a pesar de que en la puerta hay un cartel que indica claramente que allí está prohibido fumar. Una nube de humo gris invade la pequeña habitación sin ventilación. La inspectora Claire Reid intenta con todas sus fuerzas disimular su desagrado, pero el jefe le nota las arrugas de disgusto en la cara.

—Es uno de los pocos vicios que me quedan, ¿vale? —les espeta con severidad—. Siéntense.

Sólo hay una silla libre, y su compañero Danny es lo suficientemente listo para no acercársela. Ella no estaría cómoda sentada sabiendo que nada bueno puede salir de una invitación a primera hora de la mañana al despacho del jefe.

—La maldita División oriental —murmura el jefe—. Han dejado instrucciones en mi mesa. Quieren que dos de mis oficiales las sigan con disimulo. Evidentemente, piensan que no tenemos nada mejor que hacer que ayudarlos a ellos.

—¿Quiere que lo hagamos? —pregunta ella.

—No, no quiero, pero no tengo más remedio —ladra el inspector jefe.

Le acerca un sobre marrón por encima de la mesa.

—Robo de obras de arte —le explica.

Claire abre el sobre y saca unas fotografías. Arquea las cejas cuando examina la primera.

—Ésa ha sido mi primera reacción —masculla el jefe.

Danny estira el cuello para echar una ojeada.

—¡Menuda guarrada! —Se ríe a carcajadas.

La foto es de un cuadro de una mujer desnuda, reclinada, con las gruesas piernas abiertas y los brazos detrás de la cabeza. Claire se da cuenta de lo exageradas que son sus facciones, los pechos grandes y voluptuosos, la vagina de un rojo oscuro, con los labios rosados y protuberantes, enmarcados por una mata de grueso vello púbico.

Nota que se ruboriza.

—No es lo que yo escogería para colgar encima de la chimenea —continúa el jefe—, pero por lo visto vale miles de libras y lo han robado.

—¿Qué quiere que hagamos? —pregunta Claire.

—La División oriental no ha tenido suerte hasta ahora. Quiero que vosotros dos finjáis ser coleccionistas de arte erótico. Primero iréis al estudio del artista.

—No sabía que tendríamos que fingir ser un matrimonio —dice Danny enfurruñado mientras recorren en coche la campiña. Estudia las fotografías, examinando cada una con detalle y haciendo comentarios escabrosos mientras Claire conduce.

—El sentimiento es mutuo —murmura ella.

No está segura de si será capaz de salir airosa de aquello. Danny es bastante amigable pero no encaja con su idea de marido perfecto. Está demasiado gordo y, además, tiene demasiados hábitos molestos. Dicho esto, no ha conocido todavía a ningún hombre que le guste como marido.

Al menos no se ha puesto el traje de poliéster. Ha cambiado el habitual traje y la corbata chillona por ropa más informal y ella ha hecho lo mismo. La División oriental les ha facilitado un flamante Mercedes descapotable nuevo para contribuir a dar verosimilitud a su historia. Empieza a disfrutar del trabajo.

Claire pasa la entrada al estudio y aparca el coche fuera del camino principal, en un espacio de grava, en el centro de un establo reconvertido. Las ruedas crujen hasta detenerse al lado de un Range Rover.

—Es evidente que le saca pasta a esto —comenta Claire.

Danny sonríe de oreja a oreja.

—Espero que hoy haya una o dos modelos en el estudio.

Claire sabe que sólo es cuestión de tiempo que empiece a babear.

Para obvio deleite de su compañero, hay una modelo en el estudio. Claire ve que no le quita los ojos de encima a la espléndida morena mientras Marcus McIntyre los hace pasar a su caótico taller.

La chica está de pie, completamente desnuda, sobre un pedestal, en el centro de la habitación, en una pose provocativa. No es una mujer perfecta, pero parece que está a sus anchas y que tiene confianza en su figura rellena. Es una criatura exquisita, con un cuerpo supersexy y curvas donde hay que tenerlas.

McIntyre, por otra parte, es decididamente menos atractivo. Es gordo y aceitoso, un poco como Danny. Pero McIntyre es un artista y tiene una excusa para parecer un vagabundo.

—Estoy trabajando en una nueva colección —dice el pintor, entusiasmado, levantando el pincel con un diestro giro de muñeca—. Se llama simplemente «Le derrière» y aquí Samantha me está ayudando a hacer realidad mi sueño.

Los dos miran el cuadro que pinta. Un redondeado culo está tomando forma en la tela. Las formas son un poco exageradas, la cintura muy estrecha, lo que acentúa las curvas y la hendidura entre las nalgas.

McIntyre se vuelve hacia Danny.

—¿Le interesan los culos?

La cara morena de Danny se ruboriza.

—Eh... no son lo que más me gusta, de hecho —tartamudea torpemente.

El desaliñado artista se dirige a Claire, que nota cómo la repasa de pies a cabeza.

—Una lástima —dice—, porque, si no le importa que se lo diga, su mujer tiene un culo estupendo.

Sorprendentemente, a Claire no le molesta la descarada atención sexual que está recibiendo, pero no está segura de cómo va a reaccionar Danny, de si va a hacer su papel y defenderá su honor. A decir verdad, se siente bastante halagada. Nadie presta mucha atención a su culo y ella está bastante orgullosa de él.

—Viniendo de un artista, me lo tomaré como un cumplido —responde Danny.

Marcus deja escapar una profunda carcajada antes de volver a centrarse en el cuadro.

—Nos interesa comprar alguna de sus obras —dice Claire.

—Eso es música para mis oídos —dice caviloso Marcus—. Pero por desgracia tengo poco que ofrecerles. Verán, hemos tenido un pequeño problema.

—¡Oh, qué lástima! —se compadece Claire.

—No teman, celebro una velada esta noche a las ocho y los dos están invitados. Será una fiesta privada. Díganme que vendrán.

—Estaremos encantados —dice Claire sonriente.

Cuando ya se marchan del estudio, McIntyre le guiña un ojo.

—Quizá me deje añadir su culo a mi colección —le susurra cuando Danny no puede oírlo.

—¡Asqueroso viejo pervertido! —murmura Danny entre dientes cuando van hacia el pabellón esa noche, vestidos elegantemente para la velada privada. Claire lleva un vestido negro sin hombros que le marca la figura, mientras que Danny ha elegido un traje oscuro bastante sobrio.

—Es un artista —dice Claire con brusquedad—. ¿Qué esperabas?

—Te ha echo tilín.

Claire sacude la cabeza y los largos mechones morenos le peinan los hombros desnudos.

—No voy a dignarme siquiera contestar a eso.

Pero en el fondo desea ir a la fiesta. Encuentra el arte muy excitante y está intrigada por el hombre que hay tras las pinturas. Por supuesto se trata de simple curiosidad profesional, o eso se dice ella mientras corren por la carretera desierta.

Hay un par de coches de lujo en el patio cuando llegan. Aparcan junto a un Aston Martin y entran desenfadadamente en la galería del estudio. McIntyre los saluda inmediatamente.

Dentro, media docena de personas vestidas con elegancia pasean por la habitación abierta con copas de champán. McIntyre parece fuera de lugar... todavía lleva su bata de pintor desaliñada y una pincelada detrás de la oreja. Danny se va derechito al bar mientras McIntyre toma a Claire del brazo y se la presenta a varios invitados. Son una pareja de ricos coleccionistas de arte, un marchante y el propietario de la galería local. Todos ellos serán contactos útiles para la investigación de Claire y, por ahora, todos son sospechosos. La única persona a la que reconoce es a Samantha, que va por la habitación sirviendo bebidas de una bandeja de plata y dando conversación a los reunidos.

—Son todos un poco estirados, lo siento —le susurra McIntyre a Claire, apartándola del resto de los invitados—. No aprecian verdaderamente mi trabajo. Me consideran sólo como una inversión, un medio de hinchar su ya abultada cuenta corriente. Usted, por otra parte, parece entender exactamente lo que intento expresar.

A lo largo de la velada, Claire y Danny recorren la habitación conversando con los invitados, sacándoles sutilmente todo lo que saben, esperando que una copa de más haga que se les escape alguna pista vital. Y mientras recopila mentalmente fragmentos de conversación, Claire se da cuenta de que el dedo de la sospecha apunta en una dirección: McIntyre. Pero necesita más que rumores para estar segura. El nuevo Range Rover sugiere que ha hecho una buena venta hace poco, pero habiéndole robado los cuadros y sin nueva obra disponible, se pregunta cómo se las arregla para permitirse una extravagancia así. Todo indica un fraude de seguros.

Estudian las obras que adornan las paredes, todas ellas suntuosas descripciones eróticas del cuerpo femenino, un explícito regalo visual de carne centrado en culos abundantes y hermosos pechos.

Claire nunca había estudiado el cuerpo femenino con tanto detalle. No hay duda de la maestría de McIntyre para captar la sensualidad sin adulterar de la mujer, las curvas y las secretas sombras por donde la imaginación deambula sin obstáculos para llenar los espacios que el artista, reacio a revelarlo todo, niega al espectador. Es una completa extravagancia sexual, muy provocativa pero frustrantemente comedida.

Claire fantasea acerca de ser capaz de permitirse un cuadro de McIntyre. Hay uno que cautiva por completo su imaginación... un hermoso y sencillo desnudo visto desde detrás, de tersas nalgas que disminuyen gradualmente hacia una cintura estrecha. Los pechos son descarados, los ojos miran con nostalgia por encima de un hombro blanco como la porcelana, atrapando su mirada y arrastrándola hacia sí. Claire imagina el cuadro colgado en la pared del fondo de su dormitorio, a la atractiva joven codiciándola cuando duerme. Se imagina admirando la imagen, regodeándose en su sensualidad mientras se masturba.

—El aspecto puede ser engañoso.

McIntyre saca a Claire de su ensoñación. Está de pie detrás de ella, admirando su obra. El cosquilleo de la vulva decrece poco a poco. Asiente.

—Ha captado usted verdaderamente su belleza.

—No me refería a la pintura —le susurra.

Ella se da la vuelta con el ceño fruncido, confusa.

—Me refiero a lo que he dicho antes... acerca de pintarla —añade McIntyre.

—¿Así?

—Mis invitados se han aprovechado de mi generosa hospitalidad y su marido parece bastante cautivado por la joven Samantha. No creo que nos echen de menos durante un par de horas.

—No puedo —dice Claire.

—Tiene un tipo perfecto —le asegura McIntyre—. Me parece una lástima que no lo comparta con el resto del mundo.

Claire vuelve a mirar el cuadro. La idea de que la retraten en una postura tan erótica la llena repentinamente de vigor. A lo mejor ha tomado demasiado champán.

—Vale, entonces —asiente.

McIntyre se la lleva de la galería al estudio.

—¿Cómo quiere que me ponga? —pregunta Claire.

—Desnúdese —le responde él.

Mientras McIntyre prepara el caballete, Claire se baja la cremallera del vestido y lo deja caer al suelo, dejando al descubierto una combinación negra hasta los pies. Se la saca por la cabeza sin pensárselo dos veces y se baja las bragas. Se sube a la caja que ocupaba antes Samantha.

—He oído que le han robado algunos cuadros —dice Claire, convencida de que sabe más de lo que él ha dicho.

McIntyre asiente solemne, sin mirarla.

—Es un asunto espantoso.

—¿La policía no tiene idea de quién los robó?

—Ninguna pista.

—¿Y usted?

McIntyre levanta los ojos del caballete y Claire nota que se ha quedado momentáneamente sin habla repasando su desnudez.

—Seguramente ya están en una colección privada. Dudo que vuelva a verlos.

Recordando el retrato de la galería, Claire adopta una postura similar, estudiando a McIntyre mientras afila el lápiz con una navaja.

—Estoy lista si usted lo está —le dice.

Él se le acerca y estudia cada centímetro de su cuerpo.

—Me parece que primero haré unos cuantos bocetos. ¿Le importa? —le pregunta.

Ella niega con la cabeza y, con manos cálidas, el artista la va colocando, dando vueltas a su alrededor, hasta que está completamente satisfecho de su pose. Luego vuelve al caballete y se pone a dibujar a trazos que sin esfuerzo recorren el papel en blanco mientras va echándole alternativamente vistazos a la modelo y al resultado de su trabajo. Claire se pregunta cómo va a retratarla, si modificará el retrato para favorecerla.

Le gusta su cuerpo. A veces quisiera tener el pecho más grande y el culo más pequeño, pero... ¿no quieren eso todas las mujeres?

—Déjeme probar otra cosa —le sugiere, cogiendo otra hoja de papel—. ¿Podría separarse las nalgas un poco con las manos?

Claire hace lo que le ha pedido.

—¿Así?

—Sí —le responde con excitación—. Inclínese hacia delante un poco... un poco más. ¡Oh, sí, hermosa carne prieta! ¡Y qué estupendo ano, pequeño y apretado!

Esas palabras excitan a Claire, que levanta el culo para que se lo vea mejor, con los dedos hundidos en la carne, consciente de que él está mirando su trasero y el monte de Venus velludo. Está tan inclinada que ve a McIntyre por entre las piernas. El lápiz vuela sobre el papel... y no sólo es la mano lo que está en acción. Nota que le está creciendo un bulto en la entrepierna. Está claro que disfruta de su trabajo.

—Sepárese las nalgas un poco más —dice el artista, entusiasmado—. ¡Oh, sí, qué exquisito agujero del culo! Los delicados tonos de la suave piel de sus nalgas perfectamente redondas son dignos de contemplar. ¡Pura dicha!

Claire encuentra contagioso su entusiasmo, su voz hipnótica, y se olvida de todo menos de la investigación. Disfruta de sí misma... y de la atención que recibe... demasiado.

—¿Le gusta que le den por el culo? —pregunta McIntyre.

En opinión de Claire, eso es algo que ocurre muy

pocas veces. Hay demasiado trabajo y demasiada poca diversión en su vida.

—Me encanta —responde.

McIntyre se aparta del caballete. En un instante lo tiene detrás, apretándole las nalgas, sondeando con decisión el oscuro abismo entre ambas.

—Adoro el culo de las mujeres —suspira—. Todo en él es belleza. Y el suyo es uno de los más bonitos que he visto.

Con las palmas le masajea las nalgas carnosas, moldeándole la piel flexible. A ella le escuece cuando le da un cachete. De repente, en contraste con lo anterior, nota un delicioso y delicado cosquilleo alrededor del ano. Comprende que el pincel de McIntyre recorre el valle entre sus nalgas, excitándole la piel ultrasensible con las cerdas. Lucha para no gritar. La sensación es tentadoramente sutil pero increíblemente fuerte. No puede resistirlo. Es completamente delicioso. Cierra los ojos y exhala profundamente, se le doblan las piernas.

McIntyre mantiene las manos en sus nalgas mientras ella se deja caer de rodillas. Le mete los pulgares en la raja del culo hasta que con las yemas le presiona el ano. Ella no resiste sus avances, empuja hacia atrás al encuentro de sus manos, disfruta de la deliciosa perversión de aquellos pulgares acariciándole la piel oculta en su interior.

Él le introduce un pulgar, estima abierto el prieto vórtice y empuja el dedo por el constrictor pasadizo. Claire da una sacudida cuando el abultado nudillo de su pulgar la dilata.

—Me gusta lamerlo. —El artista sonríe—. ¿Puedo lamérselo?

Casi se lo suplica. Claire había olvidado el poder que una mujer puede tener sobre un hombre. Ve su oportunidad. Al principio se sentía vulnerable en el pedestal. Ahora controla la situación. Sabe que él hará cualquier cosa para encularla.

—Sólo si lo hace usted adecuadamente —susurra entre dientes.

Los labios de McIntyre aterrizan en su nalga izquierda. Se la lame y se la besa, acercando cada vez más la boca al dedo que mantiene metido en su ano. Con la punta de la lengua circunda su ano abierto y tentador hasta que por fin saca suavemente el pulgar y le mete la lengua profundamente, introduciendo el serpenteante músculo incluso más adentro del prieto túnel negro. Claire se estremece incontrolablemente sometida a sus lametazos implacables.

—¿Quiere follarme por detrás? —le pregunta, arrebatada de deseo.

—Nada me daría mayor placer —murmura él, con la boca todavía en su culo.

—Túmbese, entonces —le ordena, y saca un condón del bolso.

McIntyre se tumba boca arriba sobre el pedestal de inmediato. Claire se agacha encima de él. El bulto de los pantalones es evidente bajo su vientre rotundo. Ella le baja la cremallera y los pantalones hasta los temblorosos muslos. Le quita los calzoncillos. Una hermosa y sólida polla de forma perfecta asoma. Mientras le pone el condón, Claire ya sabe cómo resolverá el caso.

Se da la vuelta, baja las nalgas separadas hacia el glande hinchado. Se detiene en cuanto está a punto de entrar en contacto con él. McIntyre levanta las caderas, impaciente, intenta empalarla, pero ella se levanta, frustrando sus torpes intenciones.

—Antes hábleme de los cuadros robados —le ordena.

—¿Qué? —Está confuso por el repentino obstáculo a sus progresos.

—Quiero saber qué pasó con ellos.

Baja el culo un poquito, hasta rozarle el músculo pulsante, excitándolo, asegurándose de que McIntyre no tenga ninguna duda de la recompensa que va a recibir. Es una apuesta arriesgada, pero sabe que si él conoce la respuesta no tardará en compartirla.

—Los robaron.

—¿Está seguro?

Retuerce el cuerpo de frustración apenas contenida debajo de ella.

—Tal vez decir que los robaron no sea completamente exacto —admite por fin.

—Vamos —le dice ella, arropándole el glande con las nalgas, con el semen pegajoso embadurnándole la piel pálida. Se sujeta firmemente las nalgas para impedir que él retome el control.

—No soporto la idea de que mis cuadros desaparezcan en colecciones privadas, de que nunca vuelvan a verlos quienes sepan apreciarlos —tartamudea, desesperado por penetrarla.

Claire baja un poco más las nalgas.

—Así pues, ¿robó usted su propia obra?

—Simplemente la he hecho desaparecer... de momento.

—¿Dónde está?

—Tengo un almacén a unos cuantos kilómetros de aquí...

Sonriendo satisfecha, Claire se deja caer sobre McIntyre y su erección se le mete directamente en el ano. Grita cuando él dilata su negro agujero, se masajea el clítoris mientras sube y baja. Llega rápido, satisfecha de un trabajo bien hecho.

**OTROS TÍTULOS
DE LA COLECCIÓN**

CAUTÍVAME

Antología de Miranda Forbes

Una selección de veinte relatos al rojo vivo, por los más talentosos autores de literatura erótica contemporáneos. La satisfacción está garantizada.

Sean cuales sean tus gustos, los encontrarás en las páginas de Sexybooks.

SATISFÁCEME

Antología de Miranda Forbes

Sea cual sea tu fantasía personal, te encantarán las historias de este libro, escritas por los más talentosos autores de literatura erótica contemporáneos. ¡La satisfacción está garantizada!

SEDÚCEME

Antología de Miranda Forbes

La seducción es un juego, un arte, un desafío... uno de los mayores placeres del sexo. En este libro encontrarás una seductora y deliciosa selección de historias de los más talentosos autores de ficción erótica de la actualidad.

AZÓTAME

Antología de Miranda Forbes

En el juego de la seducción, cuando el placer es mutuo casi todo está permitido... Atrévete a disfrutar de estas veinte deliciosas historias, escritas por los más celebrados autores de ficción erótica contemporánea. La satisfacción está garantizada.